우리
함께하는
지금이
봄날

KB073762

우리
함께하는
지금이
봄날

BTS : RISE OF BANGTAN

카라 J. 스티븐즈 | 권기대 옮김

IN-
DEX

먼저 한 말씀

힙합에서 많은 자양분을 얻어온 K팝 보이 밴드 '방탄소년단'
– 입에 착착 달라붙는 그들의 노래, 부드러운 춤동작 그리고
귀여운 성격 덕분에 이 일곱 소년들은 빌보드 차트 1위를 차지
하며 전 세계가 사랑하는 아이돌이 되었다. 그뿐인가, 이들은
2018년 '트위터 최다 활동 남성그룹 부문'에서 신기록을 세우
고 기네스북에 오르기까지 했다.

반항적이면서 '엣지'가 있고, 낭만적이면서 섬세한 방탄소년
단의 노래 중 90%는 일곱 멤버들이 직접 작곡한다. 그들의
희망, 꿈, 두려움, 갈등, 흥분 그리고 열정이 노래에 고스란히
담겨, 지구촌 방방곡곡의 젊은 세대들을 그들의 팬클럽 '아
미'로 불러 모으고 있다.

방탄소년단은 2013년 파격적인 싱글 「No More Dream」으로
데뷔했다. 그들의 음악은 서양과 한국 스타일이 어우러진 '매
쉬업'이어서 래퍼들을 위시해 스티브 아오키, 체인스모커즈,
슈프림 보이 같은 EDM 스타들과의 찬란한 콜라보도 많이 포
함돼 있다.

방탄소년단의
몇 가지 다른 이름

· BTS
· Beyond the Scene
· Bulletproof Boy Scouts
· '보단 쇼넨단' (일본어)

방탄소년단,
어떤 아이들인가?

RM
메인 래퍼, 프로듀서, 리더, 파괴몬

슈가
리드 래퍼, 프로듀서, 둘째 형, 숨기력

정국
리드 댄서, 메인 보컬, 황금막내

지민
리드 보컬, 메인 댄서, 초콜릿 복근, 망개떡

진
서브보컬, 비주얼(월드 와이드 핸섬), 맏형

제이홉
서브래퍼, 안무팀장, 애교 만점, 정희망

뷔
서브보컬, 비주얼, CGV

무대 밖에서의 장난기 넘치고
캐주얼한 에너지!
감성적이고 선명한 가사와 빈틈없는
댄스 스타일을 통해 그들을 처음 만났던
팬들에게는 놀라움을 줄 것이다.

방탄소년단 :
그 이름 뒤에
숨은 이야기

BEHIND STORY

"방탄은 무언가로부터 보호한다는 뜻입니다.
그러니까 우리는 우리의 음악과 가치를
대담하게 지킨다는 의미죠"

– 제이홉

밴드의 이름을 '방탄소년단'으로 확정하기 전에는 이들을 보살피는 기획사 이름 빅히트와 비슷한 '빅 키즈(Big Kids)' 혹은 '영 네이션(Young Nation)' 같은 몇몇 다른 이름을 고려했다. '방탄防彈'은 온 세상의 총탄을 막겠다는 이 보이밴드의 목표를 상징하는 것으로, 어느 누가 어떤 억압과 편견을 보이더라도 당당히 맞서서 그들의 신념을 위해 싸우겠다는 뜻이다.

로고 이야기

열린 문 형상의 방탄소년단 로고는 지금 주위의 현실에
만족하지 않는 청춘들, 기꺼이 문을 활짝 열고 나아가려는
젊은이들을 대변한다.

BTS는 이들의 데뷔 이래 진화를 거듭해왔으며,
팬덤인 '아미'와의 단합을 반기는
Beyond the Scene(현실에 안주하지 않고
꿈을 향해 끊임없이 커가는 청춘)으로까지 확대되었다.

아미(ARMY)

방탄소년단의 음악과 '사랑 – 수용 – 재미'의 메시지를
전파하는 데 헌신하는 팬 그룹. 굳이 풀어보자면
Adorable Representative MC for Youth라는
이야기도 있다.

타임머신을
타고

● **2010~2011년**

빅히트 엔터테인먼트,
방탄소년단 멤버를 모집하는 전국 오디션 개최

6월 9일 　그룹 멤버 라인업 공식 발표
6월 11일 　「**No More Dream**」 뮤직 비디오 공개
6월 12일 　데뷔 싱글 앨범 「2 Cool 4 Skool」 발표
6월 13일 　방탄소년단 공식 데뷔
7월 9일 　공식 팬클럽 이름 '**ARMY**' 탄생
9월 2일 　첫 버라이어티 쇼 「신인왕 방탄소년단
　　　　　채널방탄」 방영(**SBS MTV**)

● **2013년**

● **2012년**

12월 17일 　방탄소년단 그룹 공식 트위터 개시

● **2014년**

1월 16일 　골든디스크 시상식에서 '음반 신인상' 수상
2월 12일 　「Skool Luv Affair」 발표. 빌보드 월드앨범차트
　　　　　3위에 진입
3월 29일 　서울 올림픽공원에서 3천 명의 팬이 모인 가운데
　　　　　최초의 「MUSTER」 콘서트를 통해 공식 글로벌
　　　　　팬클럽 'A.R.M.Y'(아미) 결성
4월 24 　앨범 「Wake Up」으로 일본 데뷔
7월 1~14일 　미국 LA에서 촬영된 첫 번째 TV 쇼
　　　　　「방탄소년단의 아메리칸 허슬 라이프」에 출연
9월 9일 　웹툰 시리즈 '힙합 몬스터' 출시

1월 22일	제26회 하이원 서울가요대상에서 본상 수상
2월 10~19일	첫 번째 일본 투어 'Wake Up: Open Your Eyes'
10월 26일	푸마 브랜드 홍보대사에 임명
12월 2일	엠넷 아시아 뮤직 어워즈 베스트 월드 퍼포머에 등극
12월 17일	제5회 가온차트 뮤직 어워드에서 K팝 월드한류스타상 수상

● 2015년

● 2016년

정규2집 「Wings」로 빌보드200 차트 26위 등극. K팝 앨범 최고의 성과

| 10월 9일 | 「피 땀 눈물」이 국내 8대 음원 차트인 멜론, 엠넷, 벅스, 올레, 소리바다, 지니, 네이버뮤직, 몽키3를 동시 석권하는 '올킬' 달성 |
| 11월 19일 | 멜론 뮤직 어워드 대상 및 올해의 앨범상 수상 |

5월 21일   빌보드 뮤직 어워즈 탑 소셜 아티스트 수상, 6년간 이 자리를 차지하고
          있던 저스틴 비버를 밀어냄
7월 31일   제44회 한국방송대상 가수상 수상
9월 5일   공식 트위터 팔로워 8백만 명 달성
9월 16일   V라이브 채널 팔로워 6백만 명 달성
9월 18일   「DNA」, K팝 그룹 싱글로는 사상 최초로 아이튠즈 차트 4위 등극
9월 18일   「DNA」 뮤직비디오 인터넷에 공개된 지 24시간 만에 사상 최다 뷰 기록

● **2017년**

9월 22일   영국, 스웨덴, 아일랜드, 이탈리아, 독일 등지에서 각종 차트 상위 등극
9월 25일   K팝 아이돌 최초로 「DNA」가 빌보드 핫100 차트 85위 진입
9월 26일   「LOVE YOURSELF 承 Her」 마침내 빌보드 월드 앨범 차트 1위 등극
11월 1일   유니세프의 #ENDviolence 프로젝트 후원파트너 지명, 「러브 마이셀프」
          발표
11월 12일 한국 아티스트 사상 최초로 트위터 팔로워 1천만 명 기록
11월 19일 K팝 그룹 최초로 아메리칸 뮤직 어워즈에서 공연
12월 2일   멜론 뮤직 어워드 4관왕에 등극, 슈가는 핫 트렌드 상 수상

2018년

1월 11일   골든 디스크 시상식에서 「LOVE YOURSELF 承 Her」로 음원부문 본상 및 음반부문 대상 획득. 「봄날」로 디지털 음원 본상 수상

1월 25일   제27회 하이원 서울가요대상에서 본상과 첫 대상으로 2관왕

2월 9일   방탄소년단 BI, 세계3대 디자인상의 하나인 독일 iF 디자인상 수상

2월 13일   가온차트 뮤직 어워드 올해의 가수 오프라인 음반 부문 1분기, 올해의 가수 오프라인 음반 부문 3분기 2관왕 차지

2월 28일   제15회 한국대중음악상 올해의 음악인상 수상

3월 11일   아미의 헌신적인 노력으로 2018 iHeartRadio 뮤직 어워즈 베스트 보이밴드상과 베스트 팬덤상 수상

그거, 알고 있었니? | 방탄소년단은 평창에서 열린 2018년 동계올림픽에 초청받았지만, 스케줄이 맞지 않아 참석할 수 없었다. 하지만 개막식에서 「DNA」가 연주되면서 '아미'들은 열광의 도가니에 빠졌다.

2018년

3월 24일   미국 어린이 엔터테인먼트 채널 니클로디언의 Kids' Choice Awards '최고의 글로벌 뮤직 스타'에 선정

4월 16일   한류 사이트 숨피(Soompi)가 선정하는 '올해의 아티스트' '올해의 앨범' '최우수 안무(「DNA」)' '올해의 곡' 등 6개 부문 석권. 멤버인 뷔는 K드라마 '최우수 아이돌 배우' 수상

4월 29일   2018 러시아 월드컵에서 코카콜라 브랜드 홍보대사에 임명

5월 18일   「LOVE YOURSELF 轉 Tear」 판매 개시

5월 21일   빌보드 탑 소셜아티스트 2년 연속 수상

6월 2일   「LOVE YOURSELF 轉 Tear」, K팝 앨범 최초로 빌보드200 차트 1위 등극

방탄소년단 :
프리퀄

PRE-QUEL

방시혁,
방탄소년단의 그림자

'히트곡 제조기'로 알려져 있는 방시혁은 방탄소년단을 만든 프로듀서이며, 빅히트 엔터테인먼트의 창립자 겸 CEO다. 그의 비전은 스타일뿐만 아니라 내용에 있어서도 전혀 새로운 K팝 그룹을 창조하는 것이다.

K팝 세계는 새로운 재목 발굴, 혹독한 훈련, 성형수술, 완벽한 이미지 재현 등 '대량생산 및 조기은퇴' 현상으로 유명하다. 1980년대 미국의 '풍선껌 팝스타'들처럼 한국의 아이돌들도 잠시 찬란하게 빛났다가 스러지곤 한다.

방탄소년단을 만들 때 방시혁은 색다른 비전을 품고 있었다. 그의 꿈은 깎지 않은 원석 같은 재능을 찾아, 멤버들의 마음속에 타오르는 열정, 동기, 각자의 개성 등을 기반으로 하여 진정 아이돌이 될 만한 가치 있는 아이돌 그룹을 창조하는 것이었다.

히트곡 제조기

방탄소년단의 등장 이전부터 방시혁은 이미 작사가, 작곡가, 프로듀서, 음반제작자로 커다란 성공을 거두고 있었다. 초기에는 JYP 엔터테인먼트 창립자 박진영에 발탁되어 그가 작사하는 노래에 곡을 만들어 붙였다.

'히트곡 제조기'란 별명을 얻은 것은 1990년대 파트너들과 함께 작업한 그룹마다 계속해서 히트곡을 만들어내면서부터다. 그는 2005년에 독립하여 빅히트 엔터테인먼트

를 세운다. 진실한 정체성이 아니라 제작된 이미지를 기반으로 K팝 스타들을 양산해낸 이전의 성공 공식을 버리고, 아티스트들에게 자양분을 제공하면서 개개인에 더 관심을 쏟아 그들의 개성과 예술적 스타일이 빛나도록 북돋우고자 했다.

다듬지 않은 재능뿐만 아니라 뜨겁고도 변치 않는 내면의 동기를 지닌 아티스트를 찾아, 그룹 멤버 선택에 신중을

기했다. 최초의 구성원은 RM(당시 이름은 랩몬)을 포함한 듀오였으나 이후 7명의 아이돌 그룹으로 진화했다. 도중에 약간의 변화는 있었지만, 최종 라인업은 재능과 열정과 기운과 개성과 '월드 와이드 핸섬' 외모의 완벽한 조합을 보여준다.

세상의
'언더독'을
응원하라!

UnderDog

한국의 주류언론을 지배하는 거대기업들에 비하면 빅히트 엔터테인먼트는 '새발의 피'였다. 그러니까 방탄소년단을 화끈하게 밀어줄 대형 스폰서도 PR 조직도 없었단 얘기다. 하지만 뜨거운 열정을 지닌 이 자그마한 프로덕션 회사는 소중한 연습생들을 아이돌로 만들기 위해 전폭적인 지원을 아끼지 않았다.

방탄소년단의 탁월하게 안무된 춤동작과 편안하면서도 세련된 매너에 열광하는 팬들은 스무드함이나 프로페셔널과는 거리가 먼 데뷔시절 모습에 깜짝 놀랄 것이다.

초기의 비평은 혹독했다. 평자들은 방탄소년단이 제대로 알지도 못한 채 미국 랩이나 힙합문화의 '희석된' 버전을 보여준다고 느꼈다. 어떤 의미에선 옳았다. 음악과 댄스에 엄청나게 몰입했음에도 불구하고, 이 소년들은 참된 미국문화는 고사하고 비행기를 타본 적조차 거의 없었으니까. 슈가와 RM은 한때 몸담았던 언더그라운드 랩의 반발에 맞닥뜨리기도 했다. 옛 친구들은 신념을 저버렸다고 비난했고, 같은 또래의 이런 혹평은 이제 막 음악세계에 발을 들이민 소년들의 억장을 무너지게 했다.

"지방에서 막 올라온 친구들이었다.
그들이 전 세계적인 스케일로
명성을 얻게 되리라곤
상상도 못했다."

— 방시혁 / 방탄소년단 및 K팝의 미래에 대해서

그러나 '히트곡 제조기'는 소년들이 그런 비난에 좌절하게 내
버려두지 않고, 그들을 잘 다독여서 LA로 보낸다. 미국의 거
리문화와 음악이 지닌 진짜 속성을 경험하게 만든 것이다. 댄
스와 랩과 미국음악의 아이콘들을 멘토 삼아 소년들은 단기
속성 코스를 밟는다. 2주간의 이 체험은 「아메리칸 허슬 라이
프」라는 리얼리티 쇼로 만들어졌다.

이 쇼가 어찌나 인기였던지 팬들은 다음 에피소드를 학수고
대하며 문자를 주고받았고, 처음에는 진지하면서도 어리둥
절한 놀라움으로 시작된 시리즈가 편안하고 자신만만하게
끝나는 과정을 열심히 지켜봤다.

이후 방탄소년단의 성공가도는 '히트곡 제조기' 방시혁조차
믿을 수 없는, 그야말로 로켓을 타고 오르는 형국이었다.

RM의
'방탄'

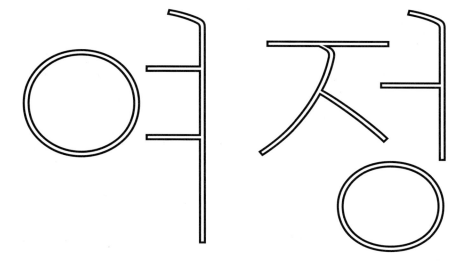

방탄소년단이 어떤 점에서 대단한지 아는가? 그들의 춤동작, 그들의 노래, 그들의
랩 그리고 카메라에 잡히지 않는 그들의 개성에 이르기까지, 공인으로서의 삶의
면면이 너무나도 조화를 잘 이룬다는 점이다. 마치 나무랄 데 없는 하나의 엔진처
럼. 권력투쟁이나 다툼 따위는 찾아볼 수 없는 가운데 각 멤버가 그만의 방식으로
팀에 기여하는 것이다.

"저는 2010년에 처음으로 방시혁 프로듀서님한테
인사를 드렸어요. 빅히트 엔터테인먼트의 CEO였지요.
그때 전 언더그라운드 래퍼였고 고등학교 1학년,
겨우 열여섯 살이었어요.
대표님이 저한테 랩과 작사에 소질이 있다고
생각해서 시작하게 됐죠.
그 후 슈가와 고향에서 인기 최고 댄서였던
제이홉이 합류했고요. 그렇게 세 명이 첫 멤버였어요.
2013년에 우린 일곱 명의 콜라보 형태로 데뷔했습니다.
직접 쓰고, 춤추고, 음악을 만들자는 공동의 꿈으로 뭉쳤는데,
그게 우리의 음악적 백그라운드를 반영하기도 하고
또 '받아들임, 취약함, 그럼에도 성공함'이라는
우리의 가치관도 반영해요.
지난 4년간 우리는 우리가 할 수 있는 최고가 되기 위해서
서로서로를 격려하고 북돋워왔답니다.
덕분에 우린 친형제처럼 아주 가까워요."

– RM / 2017년 6월 시사주간지 *타임*과의 인터뷰에서

K팝
라이프

K-POP
LIFE

K팝 스타덤의 세계는 참으로 독특하다. 기획사들이 공개 오디션을 개최하거나 그냥 거리에서 재능을 발굴해 그룹을 조직한다. 일단 멤버들이 선정되면 이들은 연습생이 된다. 멤버 전원이 끝까지 훈련을 받는 것은 아니며, 가장 완벽하게 조화를 이룰 수 있는 재능과 성격의 조합을 구축할 때까지 많은 변화가 있게 마련이다.

K팝 스타들의 훈련은 2년 넘게 지속되기도 하며, 일부 멤버들의 신상은 데뷔가 이루어질 때까지 비밀에 붙여지기도 한다. 이 기간 멤버들은 대중 앞에서 어떻게 슈퍼스타로 행동해야 하는지를 배운다. 기획사로부터 충분한 재정적 지원을 받음은 말할 것도 없다. 이들은 숙소에서 함께 기거하며, 공인으로서의 모습과 공연 테크닉의 다양한 측면들을 단련하느라 때로는 하루 열네 시간씩 땀을 흘리기도 한다. 방탄소년단 연습생들은 색다르게 팀을 짰고, 매월 각자의 진척 정도를 평가받는가 하면, 미흡한 부분에 대해 별도의 도움을 받기도 했다.

2010
힙합 크루 대남협(대남조선힙합협동조합)에 속해 있던 RM (데뷔 전엔 런치란다)과 아이언을 빅히트 엔터테인먼트가 스카우트함. 둘은 방탄소년단의 오리지널 듀오를 형성함

2010
오디션을 통해 일레븐, 슈가, 제이홉이 발탁됨

2011
일레븐이 탈퇴함

2011
탑독의 키도가 참여함

2011
슈퍼스타 K2에서 불발로 끝난 오디션이 프로덕션 회사들 사이에 회자된 다음 정국이 캐스팅됨

2011
뷔도 정국과 비슷한 시기에 들어왔으나 2013년의 데뷔 시점에 이르러 비로소 발표됨

2011
진은 등굣길에 관계자에 의해 캐스팅됨

2012
지민은 부산 공개 오디션을 통해 발탁됨

2013
아이언과 슈프림 보이 탈퇴함

일단 성공적인 데뷔가 이루어지면, 이젠 아이돌들이 더 열심히 활동하고 라디오, TV, 무대 프로모션에 직–간접으로 등장하거나 비디오 및 앨범을 하나씩 발매함으로써 기획사의 투자에 보답할 차례다. 방탄이들은 무대 밖의 생활을 SNS에 올리는 등, 다른 아이돌들보다 한층 더 폭넓게 활동한다. 그들은 언제나 카메라와 함께하며, 익살맞은 행동을 셀카로 찍기도 하고 우스꽝스런 홈비디오를 온라인에 공유하기도 한다.

방탄소년단을 처음 알게 된 팬들은 멤버들을 잘 구분하지 못한다. 미국의 경우 제이홉과 진의 핸섬한 얼굴을 TV에서 처음 본 팬들은 인터넷을 뜨겁게 달구었다. 하지만 이름을 몰랐기에 외모를 묘사한 글들이 소셜 미디어에 넘쳐났고, 새로운 별명처럼 굳어져버리기도 했다.

 그거, 알고 있었니?

· 진은 그야말로 길을 걸어가다가 발굴된 케이스다.
· 슈가는 훈련 도중 거의 탈퇴할 뻔했다.
· 뷔와 RM은 연습생으로 3년간 땀 흘렸다.
· 지민은 어렵게 합류해 훈련 기간도 가장 짧았으나, 누구보다 노력을 기울였다.
· 슈프림 보이는 단원으로 시작했으나 훈련 도중 그만두고 지금은 방탄소년단의 프로듀서로 일하고 있다.
· 맨 마지막으로 합세한 멤버는 지민.
· 훈련 시절 지민, 제이홉, 정국은 한 달 동안 댄스 연수를 다녀왔다.

투어 도중, 리허설 때, 스튜디오에 있을 때, 기숙사에서 휴식할 때 등 방탄소년들은 하루 스물네 시간 붙어산다. 그렇게 생겨난 진정한 우정은 이들의 케미스트리에 고스란히 드러난다. 서로서로 별명을 만들어 부르는 일도 늘어나기 마련이다. 가령,

· 슈가는 정국을 '전정쿠키' 또는 '전정꾹이'로, RM을 '남주니' '랩주니'로 부른다.
· 반면 슈가에겐 '슙디' '민군주' '입동굴' 등의 별명이 주어졌다.

· 뷔는 그룹 안에서 '태태' 혹은 '부인'으로 알려져 있다.
· 진은 어깨가 넓어 '어깨미남' 혹은 (나중에 설명하겠지만) '차문남' '잇진' 같은 별명을 갖고 있다.
· 제이홉의 별명에는 '제이홀스' '지민맘' '정희망' 등이 있다.
· 멤버들은 RM을 '파괴의 신' 또는 '파괴왕'이라 부른다.
· RM은 지민의 뺨이 통통한 망개떡 같다고 해서 그에게 '모찌 섹시'라는 닉네임을 안겨주었다. 어쨌거나 여전히 애교 만점 섹시 아이돌.

"빨강머리에 골드 재킷"
− 딕 클라크의 뉴 이어즈 로킹 이브에 출연했던 제이홉에 대해

"왼쪽에서 세 번째"
− 2017 빌보드 뮤직 어워즈에 등장했던 진에 대해

컴백, 또 컴백
끊임없이
스스로를
재창조하다

COMEBACK

방탄이들의 상승곡선은 지속적인 컴백과 앨범이다. 고등학생 페르소나로부터 하드–엣지 와일드 보이를 거쳐 영적인 측면을 탐구하는 젊은이 모습에 이르기까지, 각 앨범은 이들의 색다른 면면을 보여준다. 나름 뚜렷한 취향을 가진 팬들도 많지만, 진정한 '아미'라면 새 앨범이 나올 때마다 이 복합적이고 놀랍도록 탁월한 재능의 아이돌 그룹이 지닌 새로운 면을 탐험해보는 기회로 봐야 할 것이다.

앨범으로 본 방탄소년단의 변천사

1 「2 Cool 4 Skool」「O!RUL8,2?」「Skool Luv Affair」의 학교 3부작으로 세상이 떠들썩!

2 이어 「Danger」「호르몬 전쟁」등 인기 싱글로 'Dark & Wild' 단계로 접어들다.

3 두 파트로 이루어진 「The Most Beautiful Moment in Life」와 「화양연화」는 이들의 음악에 대한 국제적인 명성을 가져다주었고 뮤직비디오 시리즈가 확산되는 계기가 되다.

4 「Wings」가 한국 내 최고 히트를 기록하면서 2016 엠넷 아시아 뮤직 어워즈에서 올해의 아티스트상 수상. 이 뮤직비디오는 존재라는 문제와 영적인 진리 탐구를 깊게 다룬다.

7 「LOVE YOURSELF 承 Her」 후속으로 2018년 5월 발표된 「LOVE YOURSELF 轉 Tear」는 K팝 릴리스로는 사상 최초로 데뷔 즉시 빌보드 1위에 등극하다.

6 「LOVE YOURSELF 承 Her」과 거기에 수록된 「DNA」 및 「Mic Drop」으로 세계적인 명성을 얻으며 수직상승하다.

5 「Wings」리패키지 버전인 「You Never Walk Alone」이 70만 장 이상 판매되다.

아이돌 그룹으로는 최초로 세 개의 뮤직비디오가 모두 3억 뷰를 달성했다고? 바로 방탄소년단의 「DNA」 「불타오르네」 그리고 「쩔어」!

천재 래퍼 디자이너가 출연하는 스티브 아오키의 「MIC Drop」 리믹스는 골든디스크 인증을 받은 방탄소년단 노래 둘 중 하나다.

방탄소년단을
만나봐!

HELLO

"
필 땐 장미꽃처럼
흩날릴 땐 벚꽃처럼
질 땐 나팔꽃처럼
아름다운 그 순간처럼…
"

RM

본명 **김남준**(金南俊) [일명 랩몬스터]
리더 / 메인 래퍼 / 프로듀서
생년월일 1994년 9월 12일(개띠 / 처녀자리)
신체 181cm, 64kg
출생지 서울특별시 동작구 사당동

언어 영어, 일본어
학력 글로벌 사이버 대학교 방송연예학과 재학 중
초기경력 2008년 '런치 란다(Runch Randa)'라는
　　　　이름으로 등장
입단 2010년 첫 멤버로 합류

> "우리 음악은 대개 우리가 어떻게
> 세상을 인지하며
> 어떻게 정상적인 보통 인간으로 살려고
> 애쓰는가를 노래한다."

방탄이들의 영어 인터뷰에서는 리더인 RM이 주로 대답한다. 어려서부터 랩에 대한 열정을 키웠고 미국 래퍼들의 비디오를 보며 컸다. 언더그라운드 래퍼가 되어 인기 높은 아티스트들과 작업하던 중, 첫 멤버로 합류했다. RM은 터프하고 엣지가 있지만 이름처럼 무섭진 않다. 무대 밖에선 장난도 잘 치지만 심오한 생각에 사로잡히기도 한다. 영어로 그룹을 대변하는 목소리인 그는 한국인 특유의 억양도 거의 없고 대화체 슬랭에도 익숙하다. 메인 래퍼지만 손끝 발끝까지 재능이 미치지는 못했던지, 연습생 시절 댄스 강사는 그가 제대로 춤동작을 습득하지 못하자 아이로니컬하게 '댄스 신동'이란 별명을 붙여준다. 동료들 말로는 집에서나 여행할 때 물건을 잘 깨트린다지만, 명석한 두뇌와 따뜻한 배려의 마음이 있으니 무슨 문제겠는가.

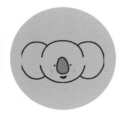

그거, 알고 있었니?

- RM은 드라마 「프렌즈」를 보면서 독학으로 영어를 깨우쳤다.

- RM이 키우는 반려견의 이름은? 랩몬!

- RM이 꿈꾸는 이상형? 오래오래 대화를 나눌 수 있는 섹시하고 여성적인 타입!

진

본명 **김석진**(金碩珍)	언어 영어, 일본어, 약간의 중국어
서브보컬 / 비주얼	학력 건국대학교 영화예술학과 학사, 한양대학교
생년월일 1992년 12월 4일(원숭이띠 / 사수자리)	대학원 재학 중
신체 179cm, 60kg	입단 2011년 길거리 캐스팅
출생지 경기도 과천시	

> "내 이름은 진.
> 월드 와이드
> 핸섬이지."

진은 '그룹의 빅 브라더'를 자처하면서, 동시에 '깜짝 놀랄 미남 페이스는 내 몫'이라는 농담도 곧잘 한다. 입단 초기에 요리도 배우고 혹독한 다이어트도 했다. 궁극의 '푸디'로 요리 및 음식 이야기나 먹는 것을 엄청 좋아한다. 농담도 꽤 즐기는데, 썰렁한 조크를 할 때조차 호탕한 웃음으로 주위를 전염시킨다. 그룹에선 맏형이지만, 집에선 막내. 멤버들과 생활할 때는 진짜 어른처럼 일찌감치 일어나 주방 감독에 청소 관리까지.

• 들어봤니, Eat Jin?

2014년 9월 '방탄 밤(Bomb)' 시리즈에 진의 샐러드 먹방이 나왔다. 얼핏 보면 특별할 것도 없지만, 특기를 살린 먹방 콘텐트 'Eat Jin'이 바로 이때 탄생했다. 이후 카페테리아, 호텔 룸, 키친 등에서 혼자 혹은 친구나 매니저와 음식을 먹는 진의 모습이 30여개 비디오에 담겼다. 때론 요리도 했다. 'Eat Jin' 플레이리스트는 방탄TV 유튜브 채널에 나오며, V 라이브에는 몇몇 보너스 먹방 비디오도 있다.

• 진의 사랑스런 복슬복슬 페트는?

짱구란 이름의 강아지를 하늘나라로 떠나보낸 다음, 진은 앙증맞은 날다람쥐 두 마리를 반려동물로 맞았고, 물론 자신이 가장 좋아하는 두 가지 어묵 이름을 붙여주었다. 작은 햄스터 크기의 이색적인 날다람쥐는 붙임성이 좋고 많은 관심을 요구하는데, 진은 종일 연습으로 지친 날에도 듬뿍 관심을 쏟는다. 방탄소년 다섯 명이 반려동물을 키우지만, 진과 뷔의 페트만 기숙사에서 함께 지낸다.

그거, 알고 있었니?

- 진은 대학생이었을 때 길거리 캐스팅되어 그룹 오디션에 초대받았다.
- 진과 지민은 같은 헬스클럽에서 종종 함께 운동한다. 하지만 진의 룸메이트는 슈가.
- 진의 이상형은? 달콤하고 가정적이며 현모양처 타입.

슈가

본명 **민윤기**(閔玧其)	학력 압구정 고등학교 졸업, 글로벌 사이버 대학교
리드 래퍼 / 프로듀서	방송연예학과 재학 중
생년월일 1993년 3월 9일(닭띠 / 물고기자리)	초기경력 힙합 크루 D-Town에서
신체 174cm, 57kg	'글로스'란 이름의 래퍼로 활동
출생지 대구광역시 북구 태전동	입단 2010년 원래 프로듀서로 합류

> "데뷔 무대가 끝나고 나는
> 기숙사로 돌아와 마냥 허공을
> 응시하며 거기 그냥 앉아 있었다. 믿을 수가 없었다,
> 가난한 대구 촌놈이 이걸 해냈다니!"

RM처럼 슈가도 언더그라운드 래퍼로 출발했다. 하지만 마이크에다 소리를 지르는 재능에 그치지 않은 그는 작곡, 프로덕션, 피아노 연주에도 장인의 수준이었다.

진에 이어 둘째 형인 그는 2016년 Agust D란 이름으로 솔로 앨범을 내는데, 여기서 자신이 꿈을 좇아 집을 떠날 때부터 우울증, 강박장애, 사회불안 장애와 힘겹게 싸우고 있었음을 밝힌다. 방탄이들과 아미의 지원으로 치료를 받은 슈가는 이 장애를 극복했고, 팬들이 보내준 사랑과 지지가 고마울 따름이다.

Agust D의 믹스테이프

슈가가 솔로로 활동할 때의 이름 Agust D는 그의 고향인 대구(DT; Daegu Town) 와 Suga를 합친 다음 거꾸로 적은 것이다. 「화양연화 Young Forever」가 일본에서 릴리스된 지 얼마 후, 슈가는 직접 제작한 솔로 믹스테이프를 내놓아 음악계를 또 한 번 경악시킨다. 10개의 노래로 이루어진 이 앨범은 제임스 브라운의 명곡에서 뽑은 샘플로 시작한 다음, 슈가를 아티스트와 래퍼로 소개하면서 "K 팝의 이 분야는 내가 맘껏 휘젓기엔 너무 작아"라고 노래한다.

그의 유명한 애교 포즈나 방탄의 군무로 부드러워지는 경우를 제외하면, 슈가의 노래들은 일종의 엣지를 품고 있으며, 자기의 분신인 Agust D를 통해 마음껏 이야기한다. 10개의 트랙 하나하나로 자신의 과거, 명성을 얻기까지의 여정, 아이돌로서의 삶을 노래한다.

그거, 알고 있었니?

- 이름은 달콤해도 슈가는 단 것을 싫어하며 가볍고 짭짤한 음식을 좋아한다.
- 2013년에 맹장수술을 받았다.
- 어찌나 꿀잠을 좋아하는지 '낮잠 몬스터' 별명을 붙여줘도 되겠어.
- 호불호가 너무도 분명한 성격. 좋아하는 건 잠, 사진 찍기, 농구, 조용한 곳. 싫어하는 건 **사람들이 모인 곳과 춤!**
- 슈가의 이상형? 스마트하고 침착하며 자신과 비슷한 성격의 여성!

제이홉

본명 정호석(鄭號錫)	초기경력 광주의 유명 댄스학원 출신으로 빅히트에
서브 래퍼 / 메인 댄서	오기 전에 JYP 엔터테인먼트의 공채 오디션에서 인기
생년월일 1994년 2월 18일(개띠 / 물병자리)	상을 탔다. 댄스 크루 뉴런의 멤버로도 활동했다.
신체 177cm, 59kg	입단 2010년 합류
출생지 광주광역시 북구 일곡동	별명 호비

"내 이름에는 우리 그룹의 어느 누구보다도
심오한 의미가 담겨 있다. (웃음) 판도라의 상자가 열리고
담겨 있던 모든 것이 빠져나간 뒤 오로지 희망만이 남게 된 것,
여러분도 잘 아시지 않는가?"

눈부신 춤 솜씨, 독특한 랩 스타일, 사랑스런 애교를 자랑하며 무대 위에서 맘껏 에너지를 발산하는 제이홉. 방탄소년이 되기 전부터 댄스 배틀에 등장한 꽤 유명한 스트리트 댄서로, 2008년엔 전국 댄스페스티벌에서 우승을 차지했다. 친구들과 팬들에게 '호비'로 알려진 제이홉은 초기에 랩보다는 보컬에 집중했다. 부드럽고 노래하는 듯한 그의 랩 테크닉을 설명해주는 이력이다. 팬들을 위한

희망과 빛의 근원이 되고자 제이홉이란 예명을 택한 것도 그의 긍정적인 태도에서 비롯되었다. 방탄으로 데뷔하기 전 그는 뉴런이란 댄스 크루 소속이었다. "스트리트 댄스 동료들과 언더그라운드를 퍼뜨리면서 나는 팝핑을 많이 추었다. 특히 팝핑에는 부걸루라는 하위 장르가 들어 있는데, 그걸 가장 많이 했다. 상도 많이 탔고, 공연도 실컷 했다."

"나는 우리 그룹의 희망적 존재가 되기 위해서
이름에 'hope'을 넣었다.
앞의 J는 성에서 따온 것이고.
그렇게 나는 제이홉이 되었다."

그거, 알고 있었니?

- 제이홉은 2010년에 서울로 올라왔다.

- 귀여운 애교 포즈로 유명하지만, 제이홉은 카메라 앞에서 이런저런 표정 짓는 걸 항상 좋아하진 않는다.

- 솔로 곡 「백일몽」의 뮤직비디오에서 제이홉은 〈은하수를 여행하는 히치하이커를 위한 안내서〉 주인공 아서로부터 "허둥대지 마!"라는 메시지를 받고 마음에 들어 한다.

- 제이홉의 이상형? 책을 좋아하고 요리를 잘하는 따뜻한 여성!

지민

본명 박지민(朴智旻)
메인 댄서 / 리드 보컬
생년월일 1995년 10월 13일(돼지띠 / 천칭자리)
신체 173cm, 60kg
출생지 부산광역시 금정구 회동동

학력 부산예술고등학교 수석 입학,
한국예술고등학교 졸업, 글로벌 사이버 대학교
방송연예학과 재학 중
입단 2012년 합류

입단 오디션을 받기 전의 지민은 부산예술고등학교에서 뷔와 함께 현대무용을 전공하다가 고2 때 오디션을 통해 방탄소년단 연습생으로 활동을 시작했다. 어떤 일에든 완벽주의 성향이 있었지만, 그 바탕에는 부드럽고 따뜻한 성품도 함께 지니고 있었다. 동료 멤버들이 키가 작다고 놀리지만 대범하게 웃어넘긴다.

뷔보다 한 해 늦은 2012년 5월 방탄소년단과 생활을 시작했을 때 정국도 이미 들어와 있었다. 합숙 외에도 생소한 면을 많이 경험해야 했고 학교에서도 전학생이었다. 뷔가 그를 자주 돌봐주면서 친구들도 소개해주고 늘 함께 다니며 학교 식당에서 라면이나 스낵도 먹게 해주었다.

카메라 앞에 서면 주로 지민의 부드러운 움직임이나 초콜릿 복근에 초점이 맞춰지지만, 직접 작사한 솔로 트랙 「Lie」에서는 부드러운 서정적 음성도 들을 수 있다. 이 곡은 불안, 자신에 대한 회의, 언제나 올바른 언행을 위해 스스로를 다그치는 압박감 등이 담겨 있다.

무대 위에서든 밖에서든 지민은 동료들을 진심으로 지지하며 그들을 실망시키지 않으려고 마음을 쓴다. 연습에 너무 열중한 나머지 코피를 쏟는 등, 훈련과 피트니스에 지나치게 매달리는 것으로도 알려졌다.

"베이비 제이라든가 키드 같은 이름도
선택할 수 있었지만,
그래도 지민이 가장 좋겠다고 결심했다.
그래서 내 진짜 이름을 쓰게 된 것이다."

그거, 알고 있었니?

- 지민도 살이 쪄서 고생할 때가 있었다. 뷔와 함께한 고등학교 시절엔 하루 여섯 끼를 먹었다고!
  아이돌이 된 후엔 식사와 운동 루틴을 잘 지키고 돌처럼 탄탄한 초콜릿 복근을 자랑으로 여긴다.
  투어 도중엔 식스 팩이 좀 느슨해지는 느낌이지만, 집에 돌아오면 정국과 함께 매일 운동해 곧바로
  예전 몸매로 돌아간다고.
- 지민의 이상형? 물론 성격이 좋은 여자!

뷰

본명	**김태형**(金泰亨)
	서브보컬
생년월일	1995년 12월 30일(돼지띠 / 염소자리)
신체	178cm, 63kg
출생지	대구광역시 서구 비산동

언어	유창한 일본어
학력	대구제일고등학교, 한국예술고등학교 졸업, 글로벌 사이버 대학교 방송연예학과 재학 중
초기경력	TV 드라마 「화랑」에 출연
입단	2011년 합류

뷰는 음악뿐 아니라 모든 형태의 창작에 노심초사한다. 예술을 너무도 사랑하며, 2016~2017년에는 드라마 「화랑」에서 한성 역을 연기했다. 그를 '4차원 멤버'라 부르는 팬들도 있는데, 이는 엉뚱하고 꾀바르며 약간 외계인 같은 사람을 가리키는 K팝 용어다. 가끔 미국인 영어를 시도하는데, 이걸 보는 팬들은 '귀여워 죽겠다는' 반응. 엠카운트다운에서 EXID를 누르고 1위를 차지한 뒤, 수상 소감이 진행되는 도중에 뷰가 마이크를 잡고 빅뱅의 「루저」를 격하게 불러 심각한 비난이 쏟아진 적이 있었다. 뷰와 지지자들은 그가 빅뱅의 광팬이어서 그랬을 뿐, 나쁜 의도는 없었다고 해명했다. 나중에 뷰는 공식 트위터로 사과했다.

"「니가 필요해」「베베」「루저」 이 세 곡은 자기 전에 꼭 들을 정도로 좋아해서 맨날 부르다보니 입에 붙어서…. 저도 모르게 에고고…."

"사람들은 대체로
내가 하는 말이 우습다고 생각하지만
난 사람들 입맛에 맞추려고
일부러 그러진 않는다."

그거, 알고 있었니?

- 태형은 지방 출신으로, 남녀 동생을 하나씩 둔 맏이다.
- 뷰는 빅토리의 V, 그러니까 방탄의 성공을 비는 그의 마음이다. 하지만 그 외에도 예명으로 여러 가지 옵션이 있었다. Six와 Lex 같은 이름도 생각해봤다.
- 털 복슬복슬한 동물이라면 사족을 못 쓴다. 순심이, 연탄이 등 반려견 세 마리에 고양이도 한 마리 키우고 있다.
- 어렸을 때 뷰는 색소폰을 불었다. 아버지가 가수라면 으레 악기 하나쯤은 배워야 한다고 했기 때문이다.
- 독특하고 색다른 건 뭐든 좋아한다. 시간이 나면 인터넷에서 잘 알려지지 않은 음악을 찾아다니곤 한다.
- 귀신이나 무시무시한 건 딱 질색이지만, 놀이공원과 아찔한 탈것은 좋아한다.
- 그의 별명은 (본명보다 부르기 쉬운) '태태' (맨날 멍한 표정으로 춤춘다고 해서) '멍태' (너무 잘 생겼다고) 'CGV' 등이다.
- 뷰의 이상형은 아주 구체적이다. 낭비하지 않고 검소한 여자, 자신이 낭비하면 가만있지 않는 여자, 집보다 차 먼저 사고픈 여자, 핫 초콜릿을 잘 만드는 여자, 부모님들한테 관대한 효녀다.

정국

본명 **전정국**(田柾國)	학력 서울공연예술고등학교 실용음악과 졸업,
리드 댄서 / 메인 보컬	글로벌 사이버 대학교 방송연예학과 재학 중
생년월일 1997년 9월 1일(소띠 / 처녀자리)	입단 2011년 합류
신체 178cm, 61kg	별명 꾹이, 황금막내, 황막꾹, 근돼(근육돼지) 등
출생지 부산광역시 북구 만덕동	

> "내가 미국에 건너가면서 많은 변화가 있었다.
> 연습생일 때 춤 연습을 많이 하라는 얘기는 많이 들었지만
> 미국에선 완전히 달랐다.
> 정말 자유로웠다."

방탄의 막내 정국은 노래, 춤, 랩, 온갖 스포츠 등에 능해서 황금막내로 불린다. 리드 보컬을 맡는 경우도 많지만, 사실 무대 밖에선 가장 말수가 적다.

고등학교에 들어갈 나이도 되지 않았을 때, 오디션 프로그램 슈퍼스타 K3에 나와 일약 스타가 되었다. 빅히트와 계약을 체결하고 방탄에 합류했을 때 그의 나이는 겨우 15살. 글로벌 슈퍼스타로 크기 위해 트레이닝을 받는 중에도 다른 한편으로 서울공연예술고등학교에 다녔으며, 2017년 말에 졸업했다.

노래와 춤 솜씨가 탁월한 것으로 유명하지만, 동시에 레이싱, 팔씨름, 양궁, 볼링 등에도 뛰어난 만능 스포츠맨. 물론 높은 기량의 아티스트라는 점은 가족의 내력이다.

그룹에선 막내지만, 그는 다양한 재능 덕분에 한국의 르네상스 맨으로 꼽힌다. 한국어 노래 실력은 말할 것도 없고 영어, 일본어, 중국어, 베트남어 등으로도 곧잘 부른다. 팬들이라면 잘 알다시피 춤 솜씨 또한 놀라울 따름.

이게 다가 아니다. 정국의 재능은 실로 다양해서 동료 멤버들도 카메라만 돌아가면 그의 이야기를 나누고 칭찬하기 바쁘다.

그거, 알고 있었니?

- 틈날 때마다 게임을 한다. 휴대폰 게임, 콘솔 게임, 오락실 비디오 게임 등 가리지 않는다. 오버워치를 엄청 좋아한다. 게임 안 할 땐 책 읽기가 취미.
- 영어와 일본어를 제법 잘 한다.
- 학교 다닐 때 가장 좋아했던 과목은 체육.
- 정현이란 이름의 형이 있다.
- 한 번은 어떤 노래시합 프로그램에 비디오를 보냈는데, 이 영상이 업계에 급속도로 퍼지면서 한국에서 가장 주가 높은 연습생이 돼버렸다.
- 정국의 이상형? 키는 (레이디 가가처럼) 157cm, 똑똑한 여자, 피부 예쁜 여자, 노래 소질까지 있으면 더 좋다나.

방탄소년단,
얼마나
잘 알고 있을까?

QUIZ

방탄이들에 대해서 웬만한 건
다 알고 있다고 생각하는가?
자, 그럼, 다음 페이지부터 나올 질문에 각 멤버를 대표하는
알파벳으로 정답을 적어보자.
그리고 정답을 맞힐 때마다 1점씩 매겨보자.

·A=RM   ·E=지민
·B=진   ·F=뷔
·C=슈가   ·G=정국
·D=제이홉

1. 좋아하는 음식
- 생선
- 김치
- 라면과 프라이드 치킨
- 단 것
- 매운 음식
- 과일
- 육류, 육류, 또 육류

2. 성격
- 스마트
- 4차원
- 리더
- 게으름
- 장난스러움/애교
- 경쟁적
- 뒤에서 돕는 타입

3. 집에서 맡은 역할
- 할아버지
- 어질러놓기
- 놀려먹기
- 빨래하기
- 잠자기
- 자기 일만 하기
- 식구들 돕기

4. 좋아하는 영화

- 인셉션
- 매트릭스
- 사우스포
- 오직 그대만
- 이터널 선샤인
- 아이언 맨
- 어바웃 타임

5. 방탄소년들의 반려동물

· 강아지 셋, 고양이 한마리

· 날다람쥐 어묵과 오뎅

· 반려견 홀리

· 반려견 미키

· 반려견 구름

6. 롤모델

· 카니예 웨스트

· 빅뱅 T.O.P

· 릴 웨인

· 빅뱅 지드래곤

· 빈지노

· 에릭 배닛

· 빅뱅 태양

7. 좋아하는 색상

· 핑크

· 초록

· 회색

· 블루, 검정

· 검정

· 핑크, 자주

· 검정

정답

1. D,A,B,G,E,C
2. A,F,B,C,D,G,E
3. B,A,D,F,C,G,E
4. C,B,D,E,A,G,F
5. B,C,D,G
6. A,B,C,G,D,F,E
7. G,C,D,F,E,A,B
8. D,A,F,C
9. A,B,C,D,G,E,F
10. G,E,F,C,B,A,D

나의 점수 : 65점 중 _____점

※ 총 65문항, 각 1점씩 계산

연습생 시절

연습생에서 아이돌까지, 'K팝 현상'의 출발점

오디션을 개최하고 데뷔하기 전 몇 달 혹은 몇 년 동안 팝 그룹을 훈련시키는 과정은 K팝 세계의 표준이요, 규범이다. 멤버들은 한 지붕 아래에서 하루 스물네 시간 함께 먹고, 자고, 연습하고, 어울린다.

방탄소년들을 찾는 오디션을 가졌을 때, 방시혁은 단순히 음악과 무용에만 초점을 맞추지 않았다. 그가 뽑은 연습생들은 하나같이 어릴 때부터 동기를 갖고 하는 일에 열정적이었다. 슈퍼스타처럼 노래하고 춤추고 포즈를 취하고 외모를 갖추는 거야 가르칠 수 있지만, 당사자가 음악에 대한 사랑과 일에 대한 열정에 휩싸여 연습에 임해야 한다는 것이 그의 철학이기 때문이다.

몇몇 대규모 기획사들이 연습생이나 스타들을 부당하게 대우한다는 비난이 거세지고 있지만, 빅히트 엔터테인먼트는 전혀 다른 방식으로 접근한다. CEO인 그는 연습생이나 방탄소년들 같은 아이돌에게 더 많은 자유를 허락하면서, 대신 그들의 진심이 오롯이 담긴 공평한(그리고 때로는 혹독한) 의견을 요구한다.

그거, 알고 있었니? | 「No More Dream」이 발매되었을 때,
진은 스물하나 그리고 정국은 겨우 열여섯 살(이상 한국나이)이었다!

"우리가 가수라고 하니까,
사람들은 뭐 굉장한 삶이라도
누리는 것처럼 생각하는데,
사실 그저 잠자고
휴대폰 갖고 놀고…
그냥 그 정도다. 숙소에 돌아오면
자는 것 외엔 별로 할 일이 없다."

– RM / AJ x The Star와의 그룹 인터뷰에서

집에 오면…

방탄소년단이 처음 결성되었을 때 일곱 멤버들은 한 방을 같이 썼다. 그러다 성공의 사다리를 하나씩 오르면서 둘씩 짝을 짓게 되고, 하나뿐인 싱글 룸의 주인은 가위 바위 보로 결정했다. 황금막내 정국이 이겨서 1인실을 차지했다.

2018년 방탄이들은 침실이 여섯 개인 커다란 새 숙소로 이사하게 된다. 제이홉과 지민 두 사람만 방을 같이 쓰게 되었는데, 둘은 같은 방을 쓰는 게 더할 나위 없이 좋단다.

**'방탄소년'이 될 뻔했던
K팝 스타 8명**

일레븐 | 수웅 | 에이톰 | 슈프림 보이 | 키도 | 아이언 | 베이식 | 빈지노
이들은 연습생으로 초대받았지만, 마지막에 제외되었다.

아이돌이
빛나는 밤

"작년에 대부분의 미국 사람들한테 한국 아티스트 이름을
딱 하나만 들어보라고 했다면,
아마도 방탄소년단이라고 했을 가능성이 높다.
최근 몇 년 사이 방탄소년들의 음악은 전 세계를 사로잡았고,
2017년은 경쟁 치열하기로 악명 높은 미국시장에
그들이 마침내 입성한 해로 기록되었다.
특히 11월에 이 보이 밴드 일곱 명은 K팝 스타로는 처음으로
아메리칸 뮤직 어워즈에서 공연하는 영광을 누렸다.
그뿐인가, '엘런 쇼'와 '지미 키멜 쇼'에도
출연해 열광적인 온라인 반응을 이끌어냈고,
충실한 (그리고 끊임없이 커나가는) 팬들이
올린 비디오는 엄청난 속도로 확산되었다."

– 2018년 3월 27일자 포브스에서

RM

JIN

SUGA

J-HOPE

JIMIN

V

JUNGKOOK

'방탄
소년단

- **2014년 3월 29일** 방탄소년단 공식 아미 1기 머스터 (올림픽공원/ 3천 명)

- **2014년 7월 14일** 'Show & Prove' 콘서트 (미국 로스앤젤레스/ 250명)

- **2014년 10월 17일 ~ 2015년 8월 29일**
  라이브 투어 'Trilogy Episode II: The Red Bullet' (한국/ 일본/ 필리핀/ 싱가포르/
  태국/ 타이완/ 말레이시아/ 호주/ 미국/ 멕시코/ 브라질/ 칠레/ 홍콩)

- **2015년 2월 10일 ~ 2월 19일**
  첫 번째 일본 전국 투어 'Wake Up: Open Your Eyes'

- **2015년 3월 28일 ~ 3월 29일**
  라이브 콘서트 'Trilogy Episode I: BTS Begins' (올림픽공원/ 6,500명)

- **2015년 11월 27일 ~ 2016년 3월 23일**
  라이브 투어 '화양연화 on stage' (서울/ 요코하마/ 고베)

● **2016년 1월 24일**
방탄소년단 공식 아미 2기 머스터 [ZIP CODE : 22920] (고려대학교/ 9천 명)

● **2016년 5월 7일 ~ 8월 14일**
라이브 투어 '화양연화 on stage: Epilogue'
(한국/ 타이완/ 마카오/ 중국/ 일본/ 필리핀/ 태국)

● **2016년 11월 12일 ~ 11월 13일**
공식 아미 3기 머스터 [ARMY.ZIP+] (고척스카이돔/ 38,000명)

● **2017년 2월 18일 ~ 12월 10일**
라이브 투어 Trilogy Episode III : The Wings Tour (북미/ 남미/ 동남아시아/ 호주)

● **2018년 1월 13일 ~ 1월 14일**
공식 아미 4기 머스터 [Happy Ever After] (고척스카이돔/ 40,000명)

온 투어'

그들의 팬덤 "BTS ARMY"의 모든 것

혜성 같이 떠오른 방탄소년단의 인기, 그 뒤에는 그들을 밀어주는 '아미'가 있다. 이 아이돌 그룹은 (간간이 영어나 일본어를 섞어 쓸 때도 있지만) 거의 언제나 한국어로 노래하고 인터뷰도 한다. 그럼에도 이들이 전 세계적으로 어필하고 있는 것은, 노랫말과 인터뷰 번역, 판매 촉진이나 SNS 입소문 퍼뜨리기, 종횡무진 인터넷 뉴스 확산 등을 돕는 팬덤 '아미'가 있기 때문이다.

이런 팬들의 중요성을 잘 이해하는 방탄소년들은 팬들이 이끌어주는 온라인의 대성공에 대해 언제나 고마움을 표한다.

FANDOM

● 공식 팬클럽 '아미' 가입하기

◇◇◇◇◇◇◇

아미 멤버십은 기수期數를 정해 간간이 제공된다. 모집 시기를 놓치지 않으려면 아미의 공식 페이스북 페이지를 지켜보는 것이 상책!

아미 멤버가 되려면 우선 다음카페의 BTS 공식 팬 카페와 인터파크쇼핑 사이트 (www.globalinterpark.com)에 가입해야 한다. 둘 다 무료다.

K팝 그룹 중 맨 처음 트위터에 고유 이모티콘을 얻은 것도 방탄소년들이다. 방탄 조끼 모양의 로고를 보여주는 이모티콘이다. 이후 트위터에서 벌어진 전 세계 해시태그 경합 이벤트에서는 브라질이 1위를 차지하고 터키, 러시아가 뒤를 이었다.

비공식적으로 '아미' 멤버 되기
[비공식이라도 엄청나니까]

공식 멤버십을 얻기도 만만치 않은데다, 한국 팬들에 비해서 해외에 있는 팬들에게는 상대적으로 혜택이 적다. 하지만, 그 때문에 방탄이들의 사랑스러운 후원자가 되고 싶은 열망을 버릴 필요는 없지 않을까. 가령 미국의 경우 usbtsarmy.com 사이트에 들어가면 최신 방탄 뉴스, 각종 정보, 공식 팬클럽 및 팬카페 가입 요령 등이 영어로 제공된다.

'GOLD'를 향한 'RACE'

방탄소년들의 음반 판매와 온라인 뷰와 라디오 방송 횟수를 늘리고, 그들을 미국 내 인기 음악상 후보에 올리거나 인정받게 만들려고 팬들이 나서서 후원하는 캠페인.

'팬클럽'과 '팬카페'는 어떻게 다를까?

한국에서 나의 '바이어스(bias)' 즉, '가장 좋아하는 아이돌 그룹'을 후원하는 방법에는 팬클럽과 팬카페라는 두 가지가 있다. 팬카페는 누구나 무료로 가입하지만, 팬클럽은 일정한 대가를 치르고 멤버십을 얻는다.

방탄소년단의 '팬카페'
http://cafe.daum.net/BANGTAN

무료로 가입하는 이 팬카페는 한국어와 중국어, 일본어의 기본 3가지 언어로 모든 공지사항과 안내가 올라온다. 팬카페에서는 다른 아미 멤버들과 채팅도 할 수 있고, 빅히트나 방탄이들에게 직접 질문도 할 수 있으며, 사인회–신곡발표–뉴스 등에 관한 공식 업데이트를 얻는가 하면, 좋아하는 아이돌에게 메시지도 남기고 다른 멤버들의 메시지에 액세스할 수도 있다.

그렇다. 방탄이들은 정말로 팬카페에 올라온 메시지를 체크하며, 특히 제이홉이 그런 걸 즐긴다. 또 가끔씩 자신들이 찍은 셀카도 올려놓아 팬들을 '심쿵'하게 한다. 캡션을 모른다 한들, 무슨 상관이랴?

팬클럽이 제공하는 여러 가지 혜택

공식 아미 멤버십을 얻으면 해마다 색다른 혜택을 누릴 수 있다. 대개 봄에 아미 모집을 하는데, 트위터나 인스타그램이나 공식사이트 등 방탄소년들의 SNS에서 발표되며, 그 기간은 딱 몇 주일 정도다.

팬들의 '챈팅'

K팝 팬들은 자신들이 좋아하는 아이돌을 열렬하게 후원한다. 팬들이 일부러 '챈팅'을 배워 한 목소리로 외치며 열심히 응원하는 콘서트에 가보면 확실하게 느낄 수 있다. 청중들은 특정한 한국어나 영어 가사를 외친다든지, 아이돌의 이름을 일정한 순서로 반복함으로써 열기에 참여한다. 가령 방탄소년들의 경우 기본적인 챈팅은 이렇다. "김남준! 김석진! 민윤기! 정호석! 박지민! 김태형! 전정국! BTS!" 그 효과는 무대 위의 아이돌뿐 아니라 관중들까지 들썩이게 만든다.

"방탄소년들의 팬인 아미는 자신들의 감정, 실수, 열정,
투쟁 등을 언제나 가감 없이 드러냅니다.
바로 그런 것들이 우리에게 영감을 주지요.
왜냐하면 우리 일곱 명과 똑같은 진짜 청춘들이
삶의 여러 가지 진짜 이슈에 어떻게 대처하는지를
노래에 담으려고 노력하니까요. 그러니까 음악인들로서 우리가
가야 할 방향을 팬들이 불어넣고 알려주는 겁니다.
그리고 물론 그런 사랑과 후원이 있으니까 우리가 계속할 수 있죠!"

−RM / 주간 *타임*지와의 인터뷰에서

"아미노 아미"
:비공식 팬클럽

'**아미노 아미(the Amino Army)**'는 방탄소년들에 대한 사랑과 정보를 공유하기 위한 글로벌 팬들의 온라인 커뮤니티다. 누구나 사이트(https://aminoapps.com/c/Btsarmy) 혹은 아미노 앱을 통해 무료로 가입할 수 있다. 방탄소년단과 그들의 음악과 일곱 아이돌의 모든 것에 대한 블로그 포스팅, 퀴즈, 여론조사, 팬 아트, 밈 등이 펼쳐진다.

BTS의 모든 것을 위한 또 다른 소스로 'BTS Diary'가 있다. 새로운 뉴스, 신곡 발표의 카운트다운, 각국의 잡지나 기타 언론과의 인터뷰 번역 등을 제공하면서 하루에도 몇 번씩 업데이트된다.

'BTS Wiki'는 크라우드소싱으로 만들어지는 위키백과. 하루가 다르게 늘어가는 방탄소년들에 대한 모든 정보에 누구든지 자료를 덧붙일 수 있다. 언제나 접속해서 정보 제공을 할 수 있는 이 사이트 BTS Wiki(http://the-bangtan-boys.wikia.com/wiki/BTS_Wiki)다.

컨벤션은 방탄 팬들에게도 엄청난 인기. 2014년 LA에서 열린 북미 최대 한류 행사 KCON에 등장한 일곱 방탄소년들.

방탄소년들에 대한
공식·비공식 정보의 바다

◇◇◇◇◇◇◇◇

다양한 공식사이트

· 방탄소년단 공식사이트 *bts.ibighit.com*

· 방탄소년단 숍 *btsofficialshop.com*

· 방탄소년단 영어 숍 *en.btsofficialshop.com*

· 방탄소년단 블로그 *btsblog.ibighit.com*

· 방탄소년단 V Live 채널 *channels.vlive.tv/FE619/video*

· 방탄소년단 웨이보 계정 *weibo.com/BTSbighit*

· 방탄소년단 공식 팬카페 *cafe.daum.net/BANGTAN*

· 방탄소년단 일본 공식 팬클럽 *https://bts-official.jp*

· 사운드클라우드 *soundcloud.com/bangtan*

포럼

· 오롯이 방탄소년단을 위한 포럼, '방탄베이스' *bangtanbase.com*

● 재치있는 뮤비 소개

아직 한국에 정식 서비스되지 않고 있는 음원 스트리밍 서비스
스포티파이(SPOTIFY)에는 방탄소년들이 각자의 플레이리스트를
갖고 있다. 인기 DJ 스티브 아오키가 리믹스한 「MIC Drop」을
소개하기 위해 일곱 멤버는 알파벳을 하나씩 들고 등장한다.
그것을 순서대로 읽으면? 물론 MICDROP이 된다.

정국 : 나 지금 그거 듣고 있어. – 'M'

진 : 같이 들을래? – 'I'

지민 : 좋아? 좋아! – 'C'

슈가 : 힙합 리플레이! – 'D'

RM : 헤비 로테이션이군. – 'R'

제이홉 : 잼! – 'O'

뷔 : 나랑 같이 해! – 'P'

"AR

아미
친구들이
도와줄게요!

MY "

사랑과 긍정의 마음으로
베푸는 아미

'아미 헬프 센터' 혹은 AHC(www.spreadlovepositivity.org)는 전 세계 방탄소년단 팬들의 모임으로, 어려움에 빠진 다른 팬들을 자진해서 정서적으로 돕거나 지원한다. 심리학 의사나 심리학 전공자들로 이루어진 AHC 온라인 상담원들은 30여 개 언어로 언제든 SNS를 통해 재능을 기부한다.

귀 기울여줄 사람, 선입견 없이 이해해줄 사람이 필요하다면 AHC에 트위터 쪽지를 보낼 수 있다. 비록 모든 상담원들이 전문가는 아니지만, 학교에서의 트러블, 왕따 문제, 사회적 불안 등에 대처하는 방법을 기꺼이 함께 궁리할 것이며, 필요하다면 전문가의 도움을 주선해줄 수도 있다.

AHC가 설립된 이래 약 3천 개의 쪽지가 접수되었고 그 수는 계속 늘어나고 있다.

이메일(slp@spreadlovepositivity.org 혹은 btsarmyhelpcentre@gmail.com)을 보내면 상담원과 직접 연결된다.

AHC 및 Spread Love Positivity는 방탄소년단이나 빅히트 엔터테인먼트와 아무런 관계가 없다.

"나는 이 팬들 모임에서 하나의 가족을
발견했으며, 그 가족은 내 일상의 소중한 한
부분이 되었다. 나는 '아미' 한 사람 한 사람을 아낀다.
우린 가족이다. 우리가 하나로
뭉쳐 서로서로를 아낀다면 그 무엇도 우릴
건드릴 수 없다. 난 이 가족을 사랑한다."

– 밸프로이 에서토우 / AHC 창립자

디스코그러피
(음반 목록)

Disco—
graphy

- **2 COOL 4 SKOOL** (싱글 음반) 2013년 6월
- **O!RUL8,2?** (미니 음반) 2013년 9월
- **Skool Luv Affair** (미니 음반) 2014년 2월
- **Dark & Wild** (한국 최초 정규 음반) 2014년 8월
- **Wake Up** (일본 최초 정규 음반) 2014년 12월
- **화양연화 Part 1** (미니 음반) 2015년 4월
- **화양연화 Part 2** (미니 음반) 2015년 11월
- **Dark & Wild** (음반, 앨범 + DVD−V) 2015년
- **화양연화 Part 1** (음반+ DVD) 2015년
- **Skool Luv Affair** (앨범 + DVD/음반 + DVD) 2015년

· **화양연화 Young Forever** (리패키지 음반) 2016년 5월
· **Wings** (정규 음반 2집) 2016년 10월
· **Youth** (일본 정규 음반 2집) 2016년 9월
· **You Never Walk Alone** (리패키지 음반) 2017년 2월
· **가요넨카 Young Forever** (음반 2매, 앨범 + DVD–V) 2017년
· **LOVE YOURSELF 承 'Her'** (미니 음반) 2017년 9월
· **Face Yourself** (일본 정규 음반 3집) 2018년 4월
· **LOVE YOURSELF 轉 'Tear'** (정규 음반 3집) 2018년 5월

· 국내 릴리스 : 빅히트 엔터테인먼트
· 일본 릴리스 : 포니 캐넌(단, Face Yourself는 유니버설, 데프 잼, 버진)

◉ 싱글 및 EP 음반

- **No More Dream** (일본) 2014년 6월
- **Boy in LUV** (일본) 2014년 7월
- **Danger** (일본) 2014년 11월
- **For You** (일본) 2015년 6월
- **I Need U** (일본) 2015년 12월
- **Run** (일본) 2016년 3월
- **피 땀 눈물** (Wings 타이틀곡) 2016년 10월
- **MIC Drop / DNA / Crystal Snow** (일본) 2017년
- **MIC Drop** (스티브 아오키, 디자이너) **리믹스** 2017년

◉ 컴필레이션

- **2 COOL 4 SKOOL / O!RUL8,2?** (일본판) 2014년 4월
- **The Best of 防彈少年團** (일본판) 2017년
- **The Best of 防彈少年團** (한국판) 2017년

◉ 비디오 및 DVD

- **Memories of 2014** (DVD + 포토북) 2015년 6월
- **2015 라이브 「화양연화 On Stage」** (3 DVDs + 포토북) 2016년 2월
- **Memories of 2015** (4–DISC Digipak + 특별 포토북) 2016년 6월
- **2016 라이브 「화양연화 On Stage: Epilogue」** (DISC Digipak + 포토북) 2017년 1월
- **2017 라이브 「Trilogy Episode III; The Wings Tour」** 2017년 11월

보너스 트랙

디지털 다운로드는 너무나 편리하지만,
실물 앨범 중에는 히든 트랙이
포함되는 경우도 있다는 사실!

· 2 COOL 4 SKOOL
§ Path
§ Skit: On the Start Line

· LOVE YOURSELF 承 'Her'
§ 바다
§ Skit: 망설임과 두려움

진짜 아이돌 방탄소년들은 랩,
노래, 댄스도 하지만, 동시에
빛나는 송라이터이기도 하다.
RM, 슈가, 제이홉, 정국은
프로듀서의 이력을 갖고 있다.

2018년 5월 「LOVE YOURSELF 轉 Tear」는 영어 외
언어로 만들어진 음반으로는 12년 만에 처음으로
빌보드 200에 1위로 진입하는 대기록을 썼다.

스타들과
손잡고

방탄소년들의 미친 K팝 재능은 가끔
스타 팬들의 도움도 얻는다.

· 기억할 만한 컬래버레이션 사례:
빌보드 뮤직 어워즈에서 체인스모커즈의
앤드류 태거트를 만난 것은 「LOVE YOURSELF 承 Her」의
협업인 「Best of Me」라는 결과로 이어졌다.

스티브 아오키와 협업한 「MIC Drop」 리믹스는
미국에서 골든 디스크 인증을 받고,
10주간 빌보드 핫100에 올라 있었다.

"내가 처음 가사를 쓰려는 시도를 하자
동료들이 놀려댔다.
하지만 프로듀서는 반드시 노래하고 랩하고
작곡하는 법을 알아야 한다는 게 내 생각이다.
다른 사람이 만든 비트를 이용하지 않고,
내가 직접 노래를 처음부터 끝까지 만들어낸다면,
그 노래는 훨씬 더 의미가 있지 않겠는가?"

– RM

 그거, 알고 있었니? | LOVE YOURSELF 承 'Her'는
105만 장의 사전판매를 기록했다!

음악 뒤에
숨은 의미

메시지가 뚜렷한 음악

RM이 KBS와의 인터뷰에서 밝혔듯이, 방탄이들은 자신들의 노래를 문학과 연결시켜 사람들에게 전하는 메시지의 접점을 넓히기를 좋아한다.

그들의 노래 중심에는 사랑이나 학교 같은 십대들의 일상적인 투쟁이 있지만, 사회규범이라든지 성생활이나 정신질환 같이 좀 더 무거운 주제들도 피하지 않았다.

보통 팝 그룹과는 다른 총명함

방탄소년들의 뮤직비디오 뒤에는 지적인 의미가 숨어 있다. 설령 가사를 이해하지 못한다 할지라도 그 점은 분명하다. 특히 두드러지게 심오한 작품은 「Wings」 발표 당시 공개된 쇼트 필름이다. 오프닝은 RM의 영어 내레이션이다. "낮과 밤의 영역. 그곳에서는 상반되는 양극의 세계가 뒤섞였다." 1919년에 발표된 헤르만 헤세의 《데미안》에서 가져온 내용이다. 이 소설은 환상의 세계와 영적인 진리의 진짜 세계, 혹은 타자에게 보여주는 피상적인 세계와 나 자신의 참된 속성이 벌이는 투쟁을 탐색한다. 새카만 후배들 치고는 엄청 심오하지 않은가!

"우리의 정체성은 편견과 억압에 맞서 싸우고
음악의 본 모습을 지키는 데 있다.
우리는 그 메시지들을 연결하고자 노력한다.
그리고 음악을 통해 소통하려고 애쓴다."

– 제이홉 / KBS 인터뷰에서

 그거, 알고 있었니? | '예술가소설(퀸스틀러로만)'은 예술가의 성장통을 그린 작품이다.
그 전형적인 예가 〈데미안〉이다.
방탄소년들의 노래와 뮤직비디오 또한 퀸스틀러로만으로 봐도 좋다.

"십대와 이십대 청춘들의 이야기, 그들이 성장하는 이야기,
우리 방탄소년들은 하나의 팀으로 언제나 그런 것을
보여주고자 애쓴다. 그것이 우리의 주된 메시지다."

– RM / KBS 인터뷰에서

영감을 북돋우는 문학작품들

그들은 랩을 한다. 춤을 춘다. 핸섬하다. 게다가 그들은 박식하다. 그들 덕분에 지구촌 청년들은 《데미안》을 알게 되었다. RM이 끼고 다니면서 읽는 모습이 여러 사진과 비디오에 잡혔던 바로 그 독일 고전소설 말이다. 이제

방탄이들이 읽는 다른 책들도 아미들의 시선을 끌고 있다. 당신이 좋아하는 방탄소년단 노래를 좀 더 깊이 이해하려면 이 작품들을 독서리스트에 올려보는 게 어떨까?

일리저베스 퀴블러로스 《인생 수업》 · 슈가

요시모토 바나나 《그녀에 대하여》 · · · · · · · · · · · · · · · · · · · 슈가

요시모토 바나나 《키친》 · RM

헤르만 헤세 《데미안》 · RM

쥘 베른 《해저 2만리》《80일간의 세계일주》 · · · · · · · · · · · 제이홉

필립 체스터필드 《아버지의 말》 · 뷔

무라카미 하루키 《1Q84》《해변의 카프카》《노르웨이의 숲》 · · RM

조조 모예스 《미 비포 유》 · RM

알베르 카뮈 《이방인》 · RM

J. D. 샐린저 《호밀밭의 파수꾼》 · RM

더글러스 애덤즈 《은하수를 여행하는 히치하이커를 위한 안내서》 · · · RM

다양한
춤사위

연습생 시절의 방탄소년들은 하루 열 시간씩 땀을 흘렸고, 몇몇 멤버들은 한밤중까지 연습하기도 했다. 다음날 훈련에서 동료들을 실망시키지 않고 싶었던 것이다. 멤버들이 자신들의 과제라든가 공연을 더욱 짜임새있게 만드는 방법에 대해서 좀 더 직관적인 '필'을 얻었다고 생각한 손성득 퍼포먼스 디렉터 겸 안무가는 리허설 시간을 하루 네 시간으로 줄였다.

· 제이홉은 자신의 부드러운 힙합과 자유분방한 춤사위

를 능숙한 파핑(근육의 순간적 수축·이완)이나 아이설레이션(격리)에 결합시키면서 신나는 공연을 리드해간다.
· 현대무용을 배웠던 지민은 깔끔한 라인과 유연한 댄스 스타일을 지녀, 무대에선 마치 물 흐르듯 움직인다.
· 태권도로 단련된 정국의 춤은 우아하고 힘에 넘치며 박력도 있다.

연습생이 되기 전에 댄스 경력이 없던 RM, 뷔, 진, 슈가를 위해서 위의 세 멤버가 힘든 부분을 채워준다.

방탄소년들의 춤사위에 불끈불끈 흥이 솟구치는가? 그렇다면 유튜브에 올라온 비디오를 느리게 보면서 한 스텝씩 그들의 춤사위를 분석해보라.

어떤 브이로거(Vlogger)들은 방탄이들이 공연하는 것과 꼭 같은 댄스 스텝을 재현할 수 있게 스텝을 고스란히 알려주는가 하면, 스크린이나 무대에서 보는 것과 동일한 움직임을 보여주는 블로거들도 있다.

BTS는 곧
'BREAKING
THE SCREEN'

노래하고, 랩하고, 춤추고, 작곡하고,
공연하고, 녹음하고, 리허설하고, 먹고,
비디오 블로깅하고, 팬들과 만나고, 뮤직
비디오 만들고, 게임쇼에 등장하고… 그
러고도 시간이 남으면 이 아이돌들은 자
신들만의 웹툰이나 이모티콘이나 게임
애플리케이션을 만들기도 한다.

그럼… 이 방탄소년들, 도대체 못하는 게 뭐지?

그거, 알고 있었니?

'웹'과 '카툰'의 합성어인 웹툰은 위아래로 이어지는 레이아웃의
디지털 만화를 가리킨다.

힙합 몬스터

◇◇◇◇◇◇◇◇

빅히트가 CJ E&M과 협업하여 방탄소년들의 성격, 생김새, 취미 등을 바탕으로 만든 캐릭터는 애교 뿜뿜 일곱 멤버들과 묘하게 닮았다. 2014년 온라인 팬 미팅 Meet & Greet에서 공개된 이 캐릭터들은 이제 인형, 스티커, 힙합 몬스터 웹툰을 포함하는 아이콘이 되어 있다.

어느 학교를 배경으로 일곱 친구들이 동아리를 만들어 소소한 모험을 추구하는 이 만화는 모두 44개의 에피소드로 이루어진다. 영어 버전은 BTS Diary 사이트 (https://btsdiary.com/hip-hop-monster)에서 구할 수 있다.

위온(WE ON) : BE THE SHIELD

◇◇◇◇◇◇◇

두 번째 웹툰 시리즈는 만화의 스타일이나 느낌에 있어서 완전히 다르다. 그들의 앨범 「O!RUL8,2?」에 실린 동일한 제목의 노래에 기반을 둔 것으로, (방탄이들과 이름은 같지만 성격은 모두 다른) 일곱 캐릭터들이 초능력을 이용해 외계의 괴물로부터 지구를 보호한다는 스토리다.

모두 29개의 챕터로 펼쳐지는 이 스토리는 아직 첫째 시즌만 마무리되었고, 영어 버전은 BTS Diary 사이트(https://btsdiary.com/picture/webtoon/we-on-be-the-shield)에서 구할 수 있다.

'귀요미' 폭발
프렌즈 크리에이터

◇◇◇◇◇◇◇◇

방탄소년단은 라인 프렌즈와의 컬래버레이션으로 나름의 캐릭터를 창조했고, 라인 프렌즈는 쿠션, 봉제완구, 패션, 액세서리 형태로 이들의 다채로운 특성을 활짝 꽃피웠다. 방탄이들답게 이 개발 과정은 카메라에 고스란히 담겼다.

이들의 공식 사이트(www.bt21.com)에서는 이런 이야기도 볼 수 있고 캐릭터들도 만날 수 있을 뿐 아니라, 아마존닷컴에서는 (BT21 검색) 다양한 공식 방탄소년단 굿즈도 구매할 수 있다.

퍼즐스타

◇◇◇◇◇◇◇◇

'퍼즐스타 BT21'은 소위 'swipe-and-blast' 형식의 게임으로 방탄소년들이 라인 프렌즈와 함께 만든 귀여운 캐릭터들이 나온다. 이 게임과 이모티콘은 구글 플레이 혹은 앱스토어에서 무료로 내려받을 수 있다.

TV에서도
방탄소년단

ONAIR

VLive.TV와 BangtanTV YouTube 채널에는 거의
매일 공짜 '방탄소년 업데이트'가 올라오고, 그 위에
V 라이브 및 유튜브 레드에 가입하면 추가 프리미엄
콘텐트도 즐길 수 있다.

VLive.TV

V 라이브는 방탄소년단 같은 아이돌이 팬들과 직접 소통하는 온라인 방송이다. BTS채널은 「달려라 방탄!」과 「방탄가요」 같은 시리즈물과 몇 가지 미니시리즈를 제공한다. 방탄소년단의 V 라이브 팔로워는 거의 9백만 명인데, 물론 이건 놀랄 일이 아니다. 회원이 되면 화요일마다 「달려라 방탄!」의 새 에피소드를 볼 수 있을 뿐 아니라, 모든 쇼를 언제나 무료로 재생해서 볼 수 있다. 게다가 방탄 멤버들이 각자 팬 행사, 여행, 집안 청소 같은 일상을 이야기하는 친근한 비디오 블로그 포스팅도 즐길 수 있다.

일종의 버라이어티 쇼인 「**달려라 방탄!**」은 방탄이들이 팬들을 위해 다양한 과제를 신나고 재미있게 수행하는 자체예능이다. 여학생 복장을 하거나 가장 무서워하는 걸 마주하기도 하고, 엉망진창 요리 도전을 한다든지 좀비들과 맞닥뜨리기도 하며, 강아지 훈련시키기로 최강 귀여움을 뽐내기도 한다. 원래 2015년에 시작된 이 쇼는 지금도 주간 에피소드와 무대 밖 엑스트라로 V 라이브에서 계속되고 있다.

음악 게임쇼라 할 수 있는 「**방탄가요**」에서는 방탄소년들이 매주 경연을 펼친다. 도전 과제는 음악, 춤, 노래, 팝 컬처 등의 여러 측면에 초점을 맞춘다. 동요 제목 맞추기, 노래방 결투에다 뮤직비디오 만들기 등의 경쟁이 펼쳐진다. 원래 2015~2017년 사이에 방영된 프로그램이지만, BTS V 라이브 채널에서는 몇몇 에피소드와 무대 밖 영상들을 만날 수 있다.

「BTS 봉 부아야지(Bon Voyage)」는 방탄소년들의 여정을 보여주는 리얼리티 쇼다. 2016년 방영된 시즌1은 방탄소년단 창립 3주년을 기념한 10일간의 북유럽 여행을 보여주었고, 1년 후 방영된 시즌2는 하와이에서 보낸 9일의 모습을 담았다.

「복불복福不福」은 빅히트 연습실에서 벌어지는 다섯 에피소드의 게임쇼. 방탄이들이 한 명씩 어항에 담긴 투명 플라스틱 달걀을 꺼내고, 안에 적힌 게임이나 과제를 수행한다. 「BTS 홈 파티」는 BTS 페스타의 일부로 매년 제작된다. 서울의 라이브 행사에는 특정의 아미 팬들만 참석할 수 있지만, V 라이브에서 105분 길이의 풀 영상을 무료로 시청할 수 있다.

유튜브에서 만나는 방탄소년단

방탄소년단이 막 활동을 시작할 무렵 「**신인왕: 방탄소년단**」이 8개의 에피소드로 나뉘어 방영되었다. 요리하거나, 볼링을 하거나, 그냥 빈둥거리거나, 게임을 하는 그들의 모습을 볼 수 있다. 특히 Endplate King이란 게임은 가장 인기가 좋았다. 멤버 한 사람이 운 좋게 빠진 가운데 나머지 여섯 명에게 카드를 한 장씩 돌리는데, 이 중 한 장에 해적단의 상징인 해골이 그려져 있고, 그걸 잡은 멤버가 벌칙을 받는 게임이다. 이마에 날달걀 깨기, 동료들이 마음대로 화장해주기, 홍어 냄새 맡기, 몇 겹씩 옷 껴입고 사우나에서 매운 라면 먹기 등등의 벌칙이 폭소를

부른다. 유튜브에서 영어 자막이 붙은 「신인왕」 에피소드를 볼 수 있다.

유튜브 레드에서 볼 수 있는 「**번 더 스테이지**(Burn the **Stage**)」는 방탄소년들이 최초의 월드 투어를 준비해 떠나는 300일간의 모습을 담아냈다. 방탄소년들이 팬들과 스스로에게 헌정한 이 영상은 그들의 고된 작업, 우정, 함께 하는 여정의 즐거움 등을 예찬했다. 그들이 겪은 좌절과 승리도 보여주고 끝내 세계적인 스타, 노련한 아티스트에 이르는 성장기를 기록했다. 첫 번째 주간 에피소드가 2018년 3월에 방영되었다.

「방탄소년단 페스타(BTS Festa)」는 2013년의 데뷔를 기념하기 위해 매년 6월 1일에 시작된다. 2주에 걸쳐 방탄소년들은 사진과 노래와 비디오 등을 팬들에게 무료로 제공해주는데, 그들의 춤 연습에 대한 뒷얘기라든가 새로이 릴리스된 노래와 컬래버레이션도 포함된다.

「방탄 밤(Bangtan Bomb)」은 방탄소년들의 일상을 보여주는 쇼트 비디오 시리즈. 짧게는 2초, 길게는 10분 정도로, 그들의 귀여운 일상의 모습이 꾸밈없이 담긴 브이로그다. 이 영상들은 유튜브 방탄TV 채널의 「방탄 밤」 플레이리스트에 있다.

방탄소년단 아메리칸 허슬라이프

2014

방탄이들이 연습생으로 출발했을 땐, 외모와 음악과 춤을 완벽하게 다듬기 위해, 그리고 빈틈없는 그룹으로 단단히 뭉치기 위해, 잠자는 시간만 빼고는 끊임없이 노력했다. 그런 다음 방탄소년들이 무대에 모습을 드러냈을 때 평자들은 딱 한 가지, 즉 정통의 힙합 느낌이 모자라는 점을 아쉬워했다. 방시혁은 진정한 리더답게 그런 비평에 귀를 기울였고 새로운 계획을 수립했다. 방탄소년들을 미국으로 보내 직접 힙합문화를 체험하게 만든 것이다. 그리하여 힙합 훈련장과 「아메리칸 허슬 라이프」가 탄생한다.

K드라마에나 나올 법한 스토리지만, 방탄이들은 새 앨범 작업차 LA로 가는 줄로만 알았다. 하지만 그들은 도착 직후 가짜로 '납치' 당해 허름한 비밀장소로 끌려가 '끔찍한 공포'를 경험한다. 이런 드라마를 여유만만 웃음으로 받

아 넘긴 소년들은 사실 이번 여행이 본고장 힙합문화의 모든 걸 배우기 위해서라는 이야기를 듣는다. 댄티 에번즈, 네이트 월카, 토니 존즈 같은 멘토들과 쿨리오, 워런 G 같은 힙합 튜터들을 만난 방탄이들은 이후 2주에 걸쳐 팝 퀴즈, 댄스오프, 터프 러브 레슨 등을 받고, 무엇보다도 현장에서 뛰고 있는 사부들로부터 삶을 뒤바꿔버릴 교육을 받게 된다.

지구 반대편에서 자신들이 가슴에 품어왔으면서도 사실은 전혀 모르고 있었던 이 문화의 모든 면면은 너무도 놀라웠다. 귀국하면 자신들을 가이드해줄 미국의 팝뮤직에 대한 2주간의 특강이었던 셈이다.

「GO!」에 등장한 방탄소년단

엠넷 아메리카 쇼 프로그램 「GO!」의 에피소드7은
방탄소년들의 두 번째 미국 여행을 추적했다.
이 44분짜리 쇼는 라구나 비치와 드림 팩토리
라이브 스튜디오를 방문하고 KCON 2014 무대에 서는
방탄소년들의 모습을 밀착 취재해 공개했다.
MnetAmerica.com에서 볼 수 있다.

방탄소년들은 LA의 날씨, 바닷가의 일상, 관광,
이 기간 내내 묵었던 캘리포니아의 맨션 등을 격하게 즐겼다.
레슨과 힙합 숙제가 없을 때는 방탄소년답게 마냥
드러누워 푹 쉬고 빈둥거렸다.
이 모든 체험이 고스란히 카메라에 잡혔다는 사실이
팬들에게는 최고의 선물이었다.
방탄이들은 매주 자신들이 체험한 것을
새 비디오로 보여주었다.
성공과 실패와 흥분과 두려움이 담긴 이 영상에서
소년들은 숨기는 게 하나도 없었고,
귀엽고 익살스런 그들의 언행에 팬들은 도무지
질릴 줄을 몰랐다.

상업적 성공이
무엇인지,
제대로 보여준
방탄소년단

"롯데면세점에 오면 누구나 훈남이 되죠!"

– 롯데면세점 광고 속의 랩에서 인용

2018년 3월 방탄소년들은 국민은행이 만든 모바일 앱을 소개하는 뮤직비디오 광고를 만들었다. 그 배경음악은? 물론 「Run」「피 땀 눈물」「쩔어」「불타오르네」 그리고 「DNA」!

그들의 상업적 성공은 이후에도 계속되어 LG 모바일과 LG전자의 글로벌 홍보대사로 팀LG에 합세하는가 하면, 4개 국어로 만든 롯데면세점 광고를 선보이기도 했다.

그거, 알고 있었니? | 'CF'란 영화용 카메라로 만든 삽입광고를 가리키는 콩글리시지.

2018 러시아 월드컵에서 코카콜라 홍보대사로 슈퍼스타의 입지를 굳힌 방탄소년단

"그들이 무대에서 보여준 파워풀한 에너지와
음악에 대한 열정은 온 세계가 즐기는 월드컵의 열기,
그리고 뜨거운 여름마다
코카콜라가 가져다주는 행복감과 썩 잘 어울렸다.
그래서 우린 방탄소년단을 선택했다.
이번 월드컵을 계기로 코카콜라는 앞으로도
그들과 함께 가슴 벅찬 특별한 여름 체험을 선사할 것이다."

– 2018년 4월 29일 코카콜라 보도자료에서

방탄소년들의
뮤직비디오

· 2013년 6월
「No More Dream」

· 2013년 7월
「We Are Bulletproof Part 2

· 2013년 9월
「N.O」

· 2014년 2월
「상남자」

· 2014년 4월
「하루만」

· 2014년 8월
「Danger」

· 2014년 10월
「호르몬 전쟁」

· 2015년 4월
「I Need U」

· 2015년 6월
「쩔어」

· 2015년 11월
「Run」

· 2016년 4월
「화양연화」

· 2016년 5월
「불타오르네」

· 2016년 5월
「Save Me」

· 2016년 10월
「피 땀 눈물」

· 2017년 2월
「봄날」

· 2017년 2월
「Not Today」

· 2017년 9월
「DNA」

花樣

‘화양연화’
시리즈 　내 인생의 가장 아름다운 순간

年華

「I Need U」오리지널 버전
「Butterfly」프롤로그
「Run」
「Epilogue：Young Forever」
「Wings」쇼트 필름
「피 땀 눈물」
「Love Yourself」하이라이트 릴
「봄날」

화양연화 뮤직비디오 시리즈는 영상, 음악, 약간의 대화를 통하여 일곱 인물의 스토리를 얘기한다. 스토리라인의 해석은 시청자의 자유. 그 의미에 대한 팬들의 이론은 자살, 살인, 우울증, 정신질환 같은 무거운 주제에서부터 아동기에서 성인기로 넘어가는 달콤쌉싸름한 전환에 이르기까지 천차만별이고, 다양한 상징적 해석을 보여준다. 막상 방탄이들은 그런 해석에 대해 확인도 부인도 안 하는 가운데, 가끔씩 힌트를 던짐으로써 난무하는 억측에 기름을 부을 따름이다. 이 영상은 어떤 순서로 봐도 좋지만, 위에 적힌 순서대로 보면 훨씬 '말이 된다'는 이론도 있다.

"사자성어인 화양연화花樣年華에서
'화양'은 꽃의 모습을 의미하고,
'연화'는 어떤 시간 혹은 순간을 뜻한다.
그러니까 곧이곧대로 해석하면
꽃의 아름다운 한 순간이다.
우린 생각했다, 그건 청춘이 아닐까.
우리 삶에서 가장 아름다운 순간 말이다. 그게 젊음이니까.
우리가 무대에서 함께하는 시간들이
가장 아름다운 순간이기를 우리는 바란다."

— RM / 앨범, 노래, 투어를 이야기하면서

뮤직비디오
이해하기

방탄소년들은 노래의 깊은 뜻을 전하기 위해 뮤직비디오 곳
곳에 '상징'을 배치한다. 물론 RM처럼 IQ가 148이라야 그 뜻
을 짐작할 수 있는 건 아니다. 그 상징은 대개 빛과 어두움, 청
춘과 경륜, 순수와 지혜, 환상과 현실, 유혹과 희생 사이의 대
조를 드러낸다. 그렇게 보면 삶이란 수월한 길을 택하는 것과
힘들더라도 옳은 방향으로 노력하여 일상의 사회적–정서적
압박을 이겨내는 것 사이의 투쟁이 아니겠는가!

피 땀 눈물

뮤직비디오 「피 땀 눈물」을 처음 보는 순간 대부분의 팬들은 완전히 혼란에 빠지거나 격한 감정에 사로잡힌다. 상징이나 문학과의 관련이 너무 많아서 그걸 다 설명하자면 기말리포트가 온전히 필요할 지경! 이 비디오에 담긴 몇몇 상징을 풀어보자.

· **깃털 사이로 허공을 날아다니는 정국과 높은 데서 뛰어내리는 뷔**
이카루스의 이야기처럼 지나친 야심에서 비롯된 추락

· **지민의 사과** 성경에 나오는 유혹

· **만찬에서 건배하는 진** 타인들을 위해 한 사람이 희생하는 최후의 만찬

· **조각에 입 맞추는 진** 예술과의 맺어짐. 이 순간 그는 예술을 끌어안고 세상은 색으로 폭발한다

· **진의 눈물** 아티스트의 몸부림

「봄날」에 스러져간 생명에 바치는 오마주

방탄소년들이 불러낸 문학작품은 《데미안》뿐만이 아니다. 가령 「봄날」의 메시지와 뮤직비디오 콘셉트는 어슐러 르 귄의 유명한 판타지 단편소설을 근거로 한다. 소설 속 오멜라스는 언제나 봄인 유토피아로 평등과 자유와 순수의 땅이어야 하지만, 현실은 그 반대임이 차차 드러난다. 소년들이 이야기 속 유토피아의 황량한 풍경을 헤쳐 나가는 「봄날」은 그 외로움과 행복의 추구에 의존한다. 이 비디오는 수학여행을 떠났던 어린 학생들을 포함해 세월호 사건으로 목숨을 잃은 304명에게 바치는 오마주다.

비디오의 시작, 싸늘한 기차역 플랫폼에 홀로 서있는 뷔. 친구들이 팽개쳐둔 가방 사이에 외로운 그의 모습과 함께 벽에 휘갈겨진 "당신은 혼자 걷지 않는다"라는 글에서부터, 깜박이는 "NO VACANCY" 사인, 놀이기구에 매달린 세월호 사망자들을 기리는 노란 리본들… 「봄날」은 상징으로 가득 차 있다. 행복을 가져다주지 못하는 허망한 경험의 끝에, 소년들은 함께 오멜라스를 떠나 바깥세상에서 참된 행복을 탐색하기로 한다. 비디오는 소년들이 의미심장하게 빛과 기쁨으로 봄을 맞는 장면에서 끝난다.

크리스마스에
딱 어울리는
컬래버레이션!

'방시혁사단'은 2AM의 조권, 임정희, 8eight의 주희와 손잡고
크리스마스 시즌 송을 냈다.
여기서 RM은 익살스런 랩을 폭발시키고
정국은 'Santa Claus is Coming to Town'에서
감성 풍부한 솔로를 선사한다.

방탄소년단,
노래를 넘어서

UNICEF와 함께하는 LOVE MYSELF 캠페인

2017년 11월 1일

방탄이들은 빅히트와 함께 유니세프가 주도하는 #ENDviolence라는 전 세계적 캠페인의 일부인 'Love Myself'를 론칭했다. 온 세계 아동–청소년들이 폭력의 두려움 없이 안전하고 건강한 삶을 누리게 해주자는 게 그 목적.

이를 위해 방탄소년들은 앨범과 굿즈 판매수익 일부를 기부하면서 팬들의 참여도 촉구했다. 조성된 기금은 가정폭력, 학교폭력, 성폭력의 어린 피해자들을 보호–후원하고 지역공동체들에 교육프로그램을 제공하는 노력에 사용된다.

어려움에 처한 젊은이들을 향한 사랑과 배려, 방탄소년들의 팬이라면 놀라지 않으리라. 데뷔 시절부터 스스로를 사랑하고 남들을 아끼라는 게 이들의 메시지였으니까. 그들의 인기와 영향력이 커지면서 이 젊은 아티스트들은 희망, 사랑, 비폭력의 메시지를 전 세계인들에게 전할 기회도 확대되는 것을 깨닫고, 더 나은 세상 만들기의 열정이 지구촌 아미 팬들에게도 퍼져나갈 것을 바라고 있다. 정국이 아미들을 위해 팬 송을 만들 때도 그런 심정이었을 것이며, 많은 아미들이 「Magic Shop」이나 「둘셋」 같은 팬 송의 가사와 멜로디에 따뜻한 위로를 얻고 눈물짓는 이유도 바로 그런 마음이 전해지기 때문이다.

"누구나 외롭고 슬프기는 마찬가지다.
우리 모두가 아파하고 고독함을 안다면,
서로 도움을 청하는 분위기,
어려울 때 어렵다 말하고 보고 싶을 때
그립다고 말할 수 있는 환경을 만들 수 있지 않겠는가?"

– 슈가 / 2018년 2월 15일 *빌보드*와의 인터뷰에서

우울증과
정신질환에도 관심을!

◇◇◇◇◇◇◇◇◇

방탄밖에 모르는 '방보' 방시혁 PD는 사회가 들어야 할 이야기들을 이 소년들이
노래하도록 하자는 비전으로 시작했다. 방탄소년들은 활짝 열린 마음과 성실로써
그 목적을 이루었다.

슈가와 RM은 특히 개인적인 고뇌와의 싸움을 솔직하게 털어놓았다. 그들의 노래
와 뮤직비디오에 드러나는 내면의 투쟁은 아티스트를 위한 정서적인 분출구일 뿐
만 아니라, 팬들의 마음에 호소하여 자신들은 결코 혼자가 아니며 '아미'의 지지를
받고 있음을 알려주는 도구로 작용한다.

슈가가 Agust D로 활동할 때 낸 믹스테이프는 불안과 우울을 이겨내며 아이돌의
입지에 오른 자신의 여정을 이야기했다. 이 노래들을 작곡할 때 그는 자신이 팬들
과 꼭 같은 어려움을 헤쳐 나간다는 걸 알려주는 것이 중요하다고 느꼈다. 그래, 그
의 노래는 역경을 함께 타개하자는 초청장이다.

방탄소년단이
터뜨리는 함성

◇◇◇◇◇◇◇◇◇

청춘들이 맹목적으로 사회의 기대에 맞춰 따라가지 말고 자신들의 꿈을 추구할 것을 촉구했던 첫 번째 싱글 「No More Dream」에서부터 방탄이들은 젊은이들이 떨치고 나아가 스스로 생각하게끔 힘을 실어주자고 거침없이 토로해왔다. 정치적 함의로 가득한 「Am I Wrong」은 드러내놓고 묻는다. 어쩌면 사람들이 부패에 그토록 눈을 감는지, 어쩌면 주변의 슬픈 일들에 그토록 무심한지! 여기에 「봄날」까지 더해보면 이 노래들은 부패와 해이로 뒤집힌 세월호의 희생자들을 위한 만기輓歌에 다름 아니다.

노래를 넘어 믿는 바를 소리치는 데 조금도 주저함이 없다.

시위대를 향한 지지이든, 인간의 고통을 끝내자는 지원의 호소이든!

BTS: BANGTAN STYLE

방탄소년단, 혹은 '방탄스타일'

김남준 / RM

머리 최애 액세서리는 캡 혹은 비니. 단, 홍보용 사진은 예외.

브레인 IQ 148

눈 무대에서 울지 않으려고 안간힘을 쓴다.

손 언제나 작사 중.

다른 손 아이폰 없이 외출하는 일, 절대 없어!

몸 하라주쿠 스타일과 야마모토 요지를 무한 사랑함.

다리 허벅지 펑퍼짐한 1990년대 클래식 리바이스

두 발 댄스의 신동? 아뇨!

"캡이나 비니를 쓰고 있지 않을 땐
어딘지 패션이 완성되지
않았다는 느낌이 든다.
머리엔 무언가를 써야 해!"

김석진 / 진

눈 도수 높은 맞춤안경 혹은 콘택트렌즈.
얼굴 온 세계가 알아주는 핸섬 가이.
귀 당황하거나 부끄러우면 완전 빨개짐.
어깨 널찍함.
손 슈퍼마리오 게임, 너무 재밌어!
다른 손 방탄소년단 최고의 요리사.
두 발 스노보드에 자신 있으면 붙어!

2015년 멜론 뮤직 어워드.
레드카펫 위, 차에서 나오는 진은
믿기 힘들 정도의 미모였다.
인터넷은 "차 문 열고 나온 남자 누구냐?"로
연일 뜨거웠고, 이후 그에겐
'차문남'이라는 별명이 붙었다.

민윤기 / 슈가

몸 언제나 장신구 한두 가지.
머리 조용한 곳을 좋아함.
몸 때와 장소를 가리지 않고 잔다!
손 만화책이나 이케아 카탈로그 보는 것을 즐김.
다른 손 농구하기!
두 발 마이클 조던 슈즈 수집 중!

슈가는 진짜 멋진 아티스트인
동시에 아이돌이지만,
무대 밖에선 와글와글 군중보다
조용한 곳을 더 좋아한다.

정호석 / 제이홉

머리 탁월한 문제해결 능력

입 먹는 게 너무 좋아!

두 뺨 자랑할 때면 발그레해짐.

몸 운동하고 땀 흘리는 거 딱 질색!

다리 컷이 깔끔하고 헐렁하지 않은 바지와 진을 좋아함.

손 팬 카페에서 '아미'들과 소통하는 게 좋아!

제이홉의 동료 방탄소년들은
그를 '도라에몽'에 비유한다.
어떤 문제든 해결해내는 게
이 망가 로봇과 닮아서일까.

박지민 / 지민

정수리 방탄소년들 가운데 가장 좁다는….
머리 화려한 밴대너와 스냅백 모자 쓰기를 좋아함.
눈 리허설 땐 아이 라이너 칠함.
얼굴 통통한 뺨이 못마땅함.
복근 명품 빨래판 복근, 자랑스러워!
두 발 때와 장소를 가리지 않고 춤춘다!

재주꾼 지민은 겸손하기까지 해서,
다른 친구들을
칭찬하면서도 자신의 성과는
드러내지 않는다.

뷔는 귀신을 무서워한다.

김태형 / 뷔

얼굴 가끔 멍한 표정 때문에 별명이 '태태'.
두 눈 사진에 남다른 안목!
머리칼 「Danger」 뮤비 찍다가 사고로 머리칼을 잘랐다는…
손 손톱을 물어뜯음.
다른 손 나무에 기어 올라감. (하지만 내려오진 못함)
두 발 맨발이 더 좋거든!

정국은 고약한 알레르기
때문에 항상 코를 훌쩍인다.

전정국 / 정국

얼굴 감정이 드러나는 경우가 별로 없음.

입 싱거운 음식은 딱 질색!

몸 그야말로 죽여주는 체격!

손 가장 예술적임.

다른 손 방탄소년들 가운데 가장 왕성한 경쟁심.

두 발 신발에 꽂혀 있음. 특히 팀버랜드 부츠!

여러 가지
K팝 용어 소개

K-POP   🔍

· **4차원** 엉뚱하고 아주 독특한 성격을 지닌 사람을 가리키는 속어. 모욕이라기보다 칭찬에 가깝다. 강인한 성격의 소유자나 남다른 사고를 잘 하며 (대개는 기이하다는 뜻에서) 창의적인 사람에게도 쓰이는 말. 가령 팬들은 뷔가 4차원이라고 한다.

· **애교** 윙크, 손으로 하트 만들기, 손키스 날려 보내기 등의 귀여움 과시. 귀여운 애교 동작으로 항상 팬들에게 사랑을 표시하는 방탄이들은 가장 모방하기 쉽고 가장 'gif'하기 쉬운 그룹이다.

· **올킬** 멜론, 엠넷, 벅스, 올레, 소리바다, 지니, 네이버, 몽키3 등 한국의 8대 차트 전부에서 동시에 정상을 차지하는 것.

· **베이글** 아기 얼굴에다 글래머러스하고 섹시한 몸매, 예컨대 지민처럼.

· **비글** 목소리 크고 요란하고 한 시도 가만있질 못하는 아이돌. 비글은 언제나 시끄럽고 돌아다니고 장난친다. 이게 너무 심해지면 순식간에 '깝'으로 불릴 수 있다.

K-POP 🔍

· 바이어스 하늘이 두 쪽 나도 좋아할 완전 최애 아이돌. 방탄소년들의 팬이라고 해서 누구나 바이어스를 갖는 건 아니다. 선택하기가 어려우니까.

· 초콜릿 복근 어찌나 라인이 강렬한지 마치 선으로 나누어진 초콜릿 덩어리 같은 복근.

· 컴백 신곡 타이틀 트랙, 앨범, 싱글 등을 처음 릴리스하는 것.

· 대박 엄청난 성공!

· 동생 나보다 어린 친구. 누구한테 '어이, 자네'라고 부르는 식이다.

K-POP

· **응원구호** 어떤 노래의 멜로디에 붙여 만든 구호. 어떨 땐 'DNA'처럼 특정의 가사가 나올 때 소리 지르고, 어떨 땐 방탄소년들의 이름을 순서대로 외친다. 김남준, 김석진, 민윤기, 정호석, 박지민, 김태형, 전정국, BTS!

· **한류** 직역하면 '한국의 물결.' 음식, TV, 언어, K팝 등 한국적인 모든 것을 향한 팬덤.

· **깝** 귀여운 기행이 너무 지나쳐서 짜증나게 만드는 '비글'

· **짱** 한마디로 최고! 뭔가가 정말 좋으면 두 엄지를 치켜들고 외친다, "짱!"

· **만화** 코믹스(comics)를 가리키는 한글. 만화책, 연재만화, 애니메이션, 웹툰 등을 모두 아우른다.

· **먹방** 카메라 앞에서 시청자들에게 이야기를 하면서 신나게 음식을 소비하는 아이돌의 모습을 담은 비디오. 유튜브에 올라와 있는 「Eat Jin」은 인기 높은 먹방 시리즈다.

K-POP

$\mathcal{Q}$

· **케미짝꿍(OTP)** 단 하나 진정한 커플, 진정한 관계. K팝 문화에선 아주 큰 부분이다. 팬들은 자기가 좋아하는 두 아이돌을 짝 지어주는 몽상을 즐긴다. 심지어 같은 성끼리도! 방탄소년단의 팬들도 소년들 중 두 사람을, 혹은 한 멤버와 다른 K팝 스타를 맺어주려 한다. 그러면서 두 이름이 합쳐져 '슈가쿠키' 혹은 '쿡진'이 되곤 한다.

· **사생(사생 팬)** 좋아하는 아이돌한테 다가가려고 괴상한 짓도 마다 않는 집착 팬들. 아무리 방탄이들이 좋아도 사생은 되지 말고 '아미'에 들어오세요!

· **사투리** 지민은 자신의 부산사투리가 부끄러울 때도 있지만, 뷔는 대구사투리가 자랑스럽다. 서울의 팬들에겐 지방 사투리가 귀엽게 들리기도 한다.

· **셀카** '셀프'와 '카메라'의 합성어, 즉, 셀피를 뜻한다. 방탄소년들은 셀카의 장인이어서, 자신들의 우스꽝스런 모습을 온라인에 올린다. 때로는 팬들과 함께한 셀카도.

· **숨피 어워즈** 팬들에 의해 최고의 한국 TV와 음악에 주어지는 상. 주로 K팝을 다루는 영어 사이트 Soompi의 뮤직차트 점수 및 온라인 투표에 의해 수상자가 정해지며 아티스트들의 세계적인 인기도를 반영한다.

· **싼티춤** 팬들을 위해 아이돌이 추는 괴짜 춤. 방탄이들은 누구나 킬러 춤동작을 갖고 있어서, 카메라가 없을 땐 '싼티' 스타일로 엉덩이를 흔들어대곤 한다.

팬들은 궁금하다.
"방탄소년들은 20년 후에도 여전히 방탄소년들일까?"
"물론이다. 딱히 그때까지라고 말하긴 어렵고,
이름을 바꿀 가능성도 있다. 이런저런 생각을 해봤다.
'방탄중년단' 그냥 'BTS' 혹은 '방탄맨' 등등.
그러나 이름이 중요한 건 아니다.
가장 중요한 것은 20년이 지나도
여전히 함께하는 그룹이 된다는 사실이다."

– RM / AJ x The Star와의 그룹 인터뷰에서

· 연습생 K팝 스타들은 대망의 데뷔를 하기 전, 여러 달 동안의 혹독한 훈련을 받는다. 엄격한 다이어트, 연습 루틴, 장시간의 호된 연습이다. 연습생 과정이 끝나야만 아이돌이 된다.

· 츤데레 새침하고 퉁명스럽다는 뜻의 일본어 '츤츤'과 부끄러움을 나타내는 '데레데레'가 합성된 단어. 결국 '처음에는 퉁명스럽지만 나중엔 마음을 열고 살갑게 구는 사람'을 가리키는데, 가령 어떤 팬들은 슈가를 츤데레로 본다.

· 비주얼 가장 준수한 외모의 소유자. 그렇다고 대개 가장 인기 있는 멤버를 가리키는 '그룹의 얼굴'과 반드시 일치하는 것은 아니다. 방탄소년단의 경우는 자칭 '세계 최고의 핸섬'이라는 진이 그룹의 비주얼이다.

방탄소년단, 그리고 또 다른 아미

18~35세의 모든 대한민국 남자들은 법에 의해
병역의 의무를 완수해야 한다.
예전에는 기획사나 제작사들이 소속 아티스트들의
군 복무 기간을 미루거나 선택할 수도 있었지만,
법이 바뀌어 연예인들은 더 이상 이런 특혜를 누릴 수 없다.
한류에 관심을 두는 사람들은 아끼고 좋아하던 스타들이
한동안 사라지는 것을 보면서 이런 제약을 매번 깨닫게 된다. 그들의 복무가
끝나면 프로덕션 회사들은 인기 절정이었던
'바이어스'의 컴백을 요란하게 알리곤 한다.

방탄이들은 언제 조국의 부름을 받게 될까?
그것은 이들의 음악, 팬들, 앞으로의 공연 등에
어떤 영향을 미칠까?
시간이 흐르면 자연히 알게 될 터!

PHOTO CREDIT

우리 함께하는 지금이 봄날

초판 1쇄 인쇄 2018년 9월 28일
초판 3쇄 발행 2019년 1월 10일

지 은 이 카라 J. 스티븐즈
옮 긴 이 권 기 대
펴 낸 이 권 기 대
펴 낸 곳 베 가 북 스
총괄이사 배 혜 진
책임편집 문 헌 정
디 자 인 서 덕 형
마 케 팅 황 명 석, 박 진 우

출판등록 2004년 9월 22일 제2015-000046호
주소 (07269) 서울특별시 영등포구 양산로3길 9, 2층 201호
주문 및 문의 전화 02)322-7241 팩스 02)322-7242

ISBN 979-11-86137-76-5

※ 책값은 뒤표지에 있습니다.
※ 좋은 책을 만드는 것은 바로 독자 여러분입니다. 베가북스는 독자 의견에
    항상 귀를 기울입니다. 베가북스의 문은 언제나 열려 있습니다.

원고 투고 또는 문의사항은 info@vegabooks.co.kr로 보내주시기 바랍니다.
홈페이지 www.vegabooks.co.kr 블로그 http://blog.naver.com/vegabooks.do
트위터 @Vega_event 인스타그램 vegabooks 이메일 vegabooks@naver.com